人生文丛

林贤治 主编

# 激进人生

闻一多 著

花城出版社
南方传媒
中国·广州

图书在版编目（CIP）数据

激进人生 / 闻一多著. -- 广州：花城出版社，
2024.1
（人生文丛 / 林贤治主编）
ISBN 978-7-5360-9535-9

Ⅰ.①激… Ⅱ.①闻… Ⅲ.①散文集－中国－现代
Ⅳ.①I266

中国版本图书馆CIP数据核字(2022)第034836号

出 版 人：张　懿
特邀编辑：余红梅
项目统筹：揭莉琳　邹蔚昀
责任编辑：陈诗泳
责任校对：梁秋华
技术编辑：凌春梅
封面绘图：老　树
装帧设计：姚　敏

| 书　　名 | 激进人生 |
|---|---|
|  | JIJIN RENSHENG |
| 出版发行 | 花城出版社 |
|  | （广州市环市东路水荫路11号） |
| 经　　销 | 全国新华书店 |
| 印　　刷 | 佛山市迎高彩印有限公司 |
|  | （佛山市顺德区陈村镇广隆工业区兴业七路9号） |
| 开　　本 | 880毫米×1230毫米　32开 |
| 印　　张 | 8.375　2插页 |
| 字　　数 | 160,000字 |
| 版　　次 | 2024年1月第1版　2024年1月第1次印刷 |
| 定　　价 | 46.00元 |

**如发现印装质量问题，请直接与印刷厂联系调换。**
购书热线：020-37604658　37602954
花城出版社网站：http://www.fcph.com.cn

人生文丛 | 看纷纭世态
读各色人生

## 写在"人生文丛"新版之前

20世纪90年代初，受出版社之邀，编选了"人生文丛"，计二十种。恰逢第四届全国书市在广州举办，这套丛书成了场上的"骄子"，被评为"十大畅销书"之一。此后一段时间，一版再版，受欢迎的程度超乎出版人的预想。其时，坊间腾起一股"散文热"。若果"人生文丛"算不上引燃物的话，至少，它提供的柴薪是增添了不少热量的。

五四开启了一个时代，星汉灿烂，人才辈出。新文学第一代作家的坚实的创作实践，奠定了"艺术为人生"的原则，影响至为深远。"人生文丛"乃从五四后三十年间，遴选有代表性的二十位作家的非虚构作品，也即我们惯称的散文，自然是广义的散文，除了一般的叙事之作，还包括演讲稿，以及带有隐私性质的日记、书信等。这些文字，烙上作者各自的人生印记，不同的思想和艺术个性，真诚、真实、真切，俾普通读者——英国作家伍尔夫郑重地使用了这个词，以它为一本文学评论集命名——借由文学更好地体察社会，思考人生，并从中获得美学的熏陶。

文丛初版时，编者分别使用了一个虚拟的"何氏家族"成员的代名。此次重版，恢复了编者的本名。

　　由于版权变易，初版时的林语堂、巴金已为丁玲、萧红所代替。单从人生富含的文化价值看，后者的意蕴恐怕更深。同样出于版权关系，未予收入张爱玲，这是可遗憾的。无论读文学，读人生，张爱玲都是不容忽略的。

　　新版"人生文丛"，对胡适、郭沫若、冰心、丰子恺等作家，各有篇幅不等的增订。私心里，总是期望选本能够尽善尽美，以贡献于广大读者之前，虽然自知这是很艰难的事。

编者

2023年6月

# 编辑者说

"你是一团火,照见了魔鬼;

烧毁了自己,遗烬里爆出个新中国!"

朱自清写的挽诗,传神地概括了闻一多的整个一生。今天,这个"昂头作狮子吼的民主战士"的名字,已经深镌在中国人民的心中。

闻一多,湖北浠水县人。1899年出生于一个"世望家族,书香门第",自幼喜爱文学和美术。1913年考入北京清华学校,是清华文学社的主要成员。五四运动中,闻一多积极参加爱国学生运动,曾在学校饭厅前张贴手抄的岳飞词《满江红》,借以激发师生的爱国义愤。清华同学推选"清华学生代表团"领导运动,他曾是代表团成员之一,担任文书工作。6月,出席全国学联成立大会。此间,闻一多又参加声援北京八校的索薪斗争而举行的"同情罢考",被校方勒令开除,后改为留级,外交部迫于舆论压力,才通令"暂缓执行,以观后效"。1922年赴美国留学,学习绘画,同时研究文学和戏剧,并进行诗歌创作。1923年,出版第一部诗集

《红烛》。1925年夏，愤于美国的种族歧视，提前归国。

归国后，闻一多任北京艺术专科学校校务长，与徐志摩等主编《晨报副刊·诗镌》。1927年北伐时到武汉，担任国民革命军总政治部艺术股长。同年秋，到南京国立第四中山大学任外文系主任。1928年，出版诗集《死水》。与徐志摩、梁实秋等人编辑《新月》《诗刊》杂志，但很快即脱离，而沉潜于中国古典文学方面的研究。闻一多先后执教于武汉大学、青岛大学，1932年秋重返北京，任清华大学国文系主任。抗战爆发后，随临时大学南迁。途中，蓄须明志，发誓至抗战胜利时剃去。1938年，临时大学改名西南联大，讲授古典文学，撰写了《神话与诗》《唐诗杂论》《古典新义》《楚辞校补》等学术著作。在此期间，出任"民盟"中央执行委员兼民主周刊社社长，走出书斋，积极参加民主爱国运动。1946年7月11日，李公朴被国民党特务暗杀。15日，他在李公朴的追悼会上发表《最后一次的讲演》，怒斥国民党反动派的法西斯暴行，当晚即遭杀害。

"路漫漫其修远兮，吾将上下而求索。"从诗人、学者到英勇无畏的民主斗士，闻一多作为生活在黑暗时代的知识分子的代表性人物，经历了漫长而曲折的思想历程。他自称："自己的生命是从战争之后开始的，也就是从四十岁开始的。"在他生命的最后阶段，由于整个革命形势的推动，以及刻苦的理论学习，实际生活的体验与观察，思想变得十分激进，终至于拍案而起。他说："我只觉得自己是座没有爆发的火山，火烧得我痛，却始终没有能力炸开那禁锢我的地壳，发射出光和热来。"然而，这座火山终于喷火了，他以激溅的鲜血，在中国革命史上留下了不可磨灭的光辉的篇章。

闻一多的著作，鲜明地贯穿着爱国主义和民主主义精神。他的诗作，爱国热情是随处可触的，朱自清便称他"是个爱国诗人，而且几乎可以说是唯一的爱国诗人"。在典籍的研究方面，作为"向内发展的路"，也是本着爱国的赤忱发掘古代的瑰宝，并以高度的民主意识，清算封建传统文化的。他的为数不少的杂感、随笔、序跋、讲演，兼备学者与诗人的双重品格，既有着经过他严格选剔的文史材料做基础，又有着作为一个民主斗士的燃烧般的激情，加以在语言上，保留了一贯的锤炼作风，因此，显得十分新锐而扎实，富于鼓动的力量。如《关于儒·道·土匪》《兽·人·鬼》《五四断想》等，都是不可多得的精警之作。至于《最后一次的讲演》，那种狂飙式的强有力的呼啸，更是无人可以代替的了。

本书选录了他以散文形式写成的几篇关于古代人物的文章，其中多有会心之处。此外，还收入书简一束，以使读者在一种最袒露的文字中，想见作者的丰神。

# 目 录

## 第一辑

# 抗 争

一个白日梦 / 3

兽·人·鬼 / 6

可怕的冷静 / 8

妇女解放问题 / 11

八年的回忆与感想 / 16

最后一次的讲演

  ——在云大至公堂李公朴夫人报告

李先生死难经过大会上的讲演 / 22

## 第二辑

# 路　向

文艺与爱国
　　——纪念三月十八 / 29
泰果尔批评 / 31
诗与批评 / 37
女神之时代精神 / 45
《三盘鼓》序 / 56
时代的鼓手
　　——读田间的诗 / 58
艾青和田间 / 64
文学的历史动向 / 67
新文艺和文学遗产 / 74
五四历史座谈 / 77
五四运动的历史法则 / 80
五四断想 / 85
人民的世纪
　　——今天只有"人民至上"才是正确的口号 / 87
战后文艺的道路 / 90
在鲁迅逝世九周年纪念会的演讲 / 97
论文艺的民主问题 / 99

第三辑

# 遗 产

家族主义与民族主义 / 105
复古的空气 / 109
从宗教论中西风格 / 115
龙凤 / 122
匡斋谈艺 / 127
说舞 / 131
端午的历史教育 / 139
人民的诗人——屈原 / 145
关于儒·道·土匪 / 148
什么是儒家
　　——中国士大夫研究之一 / 154

第四辑

# 人　物

庄子　/ 163

孟浩然　/ 183

杜甫　/ 190

贾岛　/ 207

## 第五辑

# 书 简

致父母亲 / 217
致吴景超、顾毓琇、翟毅夫、梁实秋 / 220
致梁实秋 / 223
致吴景超 / 225
致闻家驷 / 226
致闻家驷 / 229
致家人 / 231
致家人 / 233
致吴景超 / 236
致饶孟侃 / 238
致左明 / 240
致闻亦博 / 242
致闻家騄 / 244
致臧克家 / 246

## 第一辑
# 抗　争

一切问题都是这不合理的社会所产生，都该去找社会去算账。……整个社会结构的问题，就像一座房屋，盖得既不好，年代又久了，住得不舒服，修修补补是没有用处的，就只有小心地把房屋拆下，再重新按照新的设计图样来建筑。对于社会而言，这种根本的办法，就是"革命"。

# 一个白日梦

林荫路旁侍立着一排像是没有尽头的漂亮的黄墙，墙上自然不缺少我们这"文字国"最典型的方块字的装饰，只因马车跑得太快，来不及念它，心想反正不是机关，便是学校，要不就是营房。忽然两座约莫二丈来高，影壁不像影壁，华表不像华表，极尽丑恶之能事的木质构造物闯入了视野，像黑夜里冷不防跳出一声充满杀气的"口令"！那东西可把人吓一跳！那威风凛凛的稻草人式的构造物，和它上面更威风的蓝地白书的八个擘窠大字：

　　顶天立地
　　继往开来

也不知道是出自谁人的手笔，或那部"经典"，对子倒对得顶稳的。可是当时我并没有想到那些，我只觉得一阵头昏眼花，不是吓唬的（稻草人可吓得倒人？），我的头昏眼花恰恰是像被某种气味熏得作呕时的那一种。我问我自己，这究竟是一种什么气味？怎么那样冲人？

我想起十字牌的政治商标，我明白了。不错，八个字的目的如果在推销一个个人的成功秘诀，那除了希特勒型的神经病患者，谁当得起？如果是标榜一个国家的立国精神，除了纳粹德国一类的世界里，又那儿去找这样的梦？想不出我们炎黄子孙也变得这样伟大！果然如此，区区个人当然也"与有荣焉"，——我的耳根发热了。

个人主义和由它放大的本位主义的肥皂水，居然吹起这种大而美丽的泡，看，它不但囊括了全部的空间"顶天立地"，还垄断了整个的时间"继往开来"！怕只怕一得意，吹得太使劲儿，泡炸了，到那时原形毕露，也不过那么小小一滴水而已。我真为它——也为我自己——捏一把汗。

个人之于社会等于身体的细胞，要一个人身体健全，不用说必需每个细胞都健全。但如果某个细胞太喜欢发达，以至超过它本分的限度而形成瘿瘤之类，那便是病了。健全的个人是必需的，个人发达到排他性的个人主义却万万要不得，如今个人主义还不只是瘿瘤，它简直是因毒菌败坏了一部分细胞而引起的一种恶性发炎的痈疽，浮肿的肌肉开着碗口大的花，那何尝不也是花花绿绿的绚缦的色彩，其实只是一块臭脓烂肉。唉！气味便是从那里发出的吧！

从排他性的个人主义到排他性的民族主义，是必然的发展。我是英雄，当然我的族类全是英雄。炎性是会得蔓延的，这不必细说。

极端的个人主义者必然也是个唯心主义者。心灵是个人行为的发号施令者，夸大了个人，便夸大了心灵。也许我只是历史上又一个环境的幸运儿，但我总以为我的成功，完全由于自己的意志或精神力量，只因为除了我个人，我什么也没看见。我只知道向自己身上去发现成功的因素，追得愈深，想得愈玄，于是便不能不堕入唯心论的迷魂阵中。

一切环境因素，一切有利的物质条件，一切收入的账簿被转到支出项下了，我惊讶于自身无尽的财富，而又找不出它的来源，我的结论只好是"天生德于予"了。于是我不但是英雄，而且是圣人了！

由不会失败的英雄，一变而为不会错误的圣人，我便与"真理"同体化了，因而"我"与"人"就变成"是"与"非"的同义语了。从此一切暴行只要是出于我的，便是美德，因为"我"就是"是"。到这时，可怜的个人主义便交了恶运，环境渐渐于我不利，我于是猜忌，疯狂，甚至迷信，我的个人主义终于到了恶性发炎的阶段，我的结局……天知道是什么！

1944年11月

## 兽·人·鬼

刽子手们这次杰作①,我们不忍再描述了,其残酷的程度,我们无以名之,只好名之曰兽行,或超兽行。但既已认清了是兽行,似乎也就不必再用人类的道理和它费口舌了。甚至用人类的义愤和它生气,也是多余的。反正我们要记得,人兽是不两立的,而我们也深信,最后胜利必属于人!

胜利的道路自然是曲折的,不过有时也实在曲折得可笑。下面的寓言正代表着目前一部分人所走的道路。

村子附近发现了虎,孩子们凭着一股锐气,和虎搏斗了一场,结果遭牺牲了,于是成人之间便发生了这样一串纷歧的议论:

——立即发动全村的人手去打虎。

——在打虎的方法没有布置周密时,劝孩子们暂勿离村,以免受害。

——已经劝阻过了,他们不听,死了活该。

——咱们自己赶紧别提打虎了,免得鼓励了孩子们去

---

① 指"一二·一"惨案。

冒险。

——虎在深山中，你不惹它，它怎么会惹你？

——是呀！虎本无罪，祸是喊打虎的人闯的。

——虎是越打越凶的，谁愿意打谁打好了，反正我是不去的。

议论发展下去是没完的，而且有的离奇到不可想象。当然这里只限于人——善良的人的议论。至于那"为虎作伥"的鬼的想法，就不必去揣测了。但愿世上真没有鬼，然而我真担心，人既是这样的善良，万一有鬼，是多么容易受愚弄啊！

# 可怕的冷静

　　一个从灾荒里长成的民族，挨着一切的苦难，总像挨着天灾一样，以麻木的坚忍承受打击，没有招架，没有愤怒，甚至没有呻吟，像冬眠的蛰虫一般，只在半死状态中静候着第二个春天的来临，——这样便是今天的中国，快挨过了第七个年头的国难，它会准备再挨下去，直到那一天，大概一觉醒来，自然会发现胜利就在眼前。客观上，战争与饥饿本也久已打成一片了，因此，愈是实在的战斗员，愈有挨饿的责任，不像人家最前线的人们吃得最好最饱，我们这里真正的饿殍恰恰就是真正的兵士。抗战与灾荒既已打成一片，抗战期中的现象，便更酷肖荒年的现象了。照例是灾情愈重，发财的愈多，结果贫穷的更加贫穷，富贵的更加富贵。照例是灾情严重了，呼吁的声音海外比国内更响，于是救济的主要责任落在外人身上，而国内人士，相形之下，便愈能显出他们那"不动心"的沉着而雍容的风度了。现在一切荒年的社会现象在抗战中又重演一次，不过规模更大，严重性更深刻些罢了。但是说来奇怪，分明是痼疾愈深，危机愈大，社会表层偏要装出一副太平景象的面孔。配合着冠冕堂皇的要人谈话和报纸社评的，是一般社会情绪——今天一个画展，明天一个堂会，"顾左右而言他"的副刊和小报一天天充斥起来，内容一天比一天软性化。从抗战开始以来，没有见过今天这样"众人熙熙，如享太牢，如登春台"的景象，这不知道是肺结核患者脸上的红晕呢，还是将死前的回光反照！

一部分人为着旁人的剥削，在饥饿中畜生似的沉默着，另一部分人却在舒适中兴高采烈的粉饰着太平，这现象是叫人不能不寒心的，如果他还有点同情心与正义感的话。然而不知道是为了谁的体面，你还不能声张。最可虑的是不通世故而血气方刚的青年，面对这种事实，又将作何感想？对了，怕动摇抗战，但饥饿能抗战吗？粉饰饥饿就是抗战吗？如果抗战是天经地义，不要忘记当年的青年，便是撑持这天经地义最有力的支柱，可见青年盲目而又不盲目，在平时他不免盲目，但在非常时期他永远是不盲目的。原来非常时期所需要的往往不是审慎，而是勇气，而在这上面，青年是比任何人都强的。正如当年激起抗战怒潮的是青年，今天将要完成抗战大业的力量，也正是这蕴藏在青年心灵中的烦躁。这不是浮动，而是活力的脉搏。民族必须生存，抗战必须胜利，在这最高原则之下，任何平时的轨范都是暂时可以搁置的枝节。火烧上了眉毛，就得抢救。这是一个非常时期！

如果老年人中年人能负起责任，那自然更好，但事实上，战争先天的是青年人的工作（它需要青年的体质和青年的热情），所以如果老年人中年人肯负起责任，也只是参加青年的工作，或与青年分工合作，而不是代替青年的工作。战争既先天的是青年的工作，那么战时的国家就得以青年的意志为意志，虽则在战争的技术上，老年人中年人的智慧也是不可少的。

从抗战开始到今天，我们遭遇过两个关键，当初要不要抗战，是第一个关键，今天要不要胜利，是第二个关键，而第一个关键本来早已决定了第二个，因为既打算抗战，当然要胜利。但事实上目前的一切分明是朝着与胜利相反的方向发展，所以可怪的，是一部分人虽然看出方向的错误，却还要力持冷静，或从一些烦琐的立场，认为不便声张，不必声张。眼看青年完成抗战，争取胜利的意志必须贯彻，然而没有老年人中年人的智慧予以调节与指导，青年的力量不免浪费。万一还有人固执起来，利用他们的地位与力量，阻止了青年意志的贯彻，那结果便更不堪设想了。时机太危急了，这不是冷静的时候，希望老年人中年人的步调能与青年齐一，早点促成胜利的来临！大家的坚忍的沉默是可原谅的，因为他们是灾荒中生长的，而灾荒养成了他们的麻木，有着粉饰太平的职责的人们是可原谅的，因为他们也有理由麻木。可是负有领导青年责任的人们，如果过度的冷静，也是可怕的，当这不宜冷静的时候！

# 妇女解放问题

## 认清楚对象

争取妇女解放的对象该是整个社会而不是男性。一切问题都是这不合理的社会所产生，都该去找社会去算账。但社会是看不见的，在这里只能用个人的想象来把它看成一个集体的东西——房屋。我们在这房屋中间生活了几千年，每人都被安放在一个角落上，有的被放得好，放得正，生活过得舒服，有的被放得不正，生活不舒服，就想法改良反抗，于是推推挤挤拿旁人来出气，其实，旁人也没有办法，也不能负责的，这是整个社会结构的问题，就像一座房屋，盖得既不好，年代又久了，住得不舒服，修修补补是没有用处的，就只有小心地把房屋拆下，再重新按照新的设计图样来建筑。对于社会而言，这种根本的办法，就是"革命"。革命并非毁灭，只是小心地把原料拆下来，重新照新计划改造。所以计划得很好的革命，并不是太大的事情。

## 奴隶制度产生的因素有二：
## 一是种族，二是两性

现在的社会是不合理的，因为这社会里有阶级，阶级的产生由于奴隶制度。奴隶制度产生的因素有两个：一是种族，二是两性。在两个种族打仗的时候，甲族的人被乙族的俘去了，作为生产工具，即是奴隶，原来平等的社会就开始分裂成主奴两个阶级。奴隶的数目愈来愈多的时候，这两个阶级的分别也愈为明显，倘没有另外的种族，那末一切不平等，阶级产生的可能性也可减少。其次，问到最初被俘的甲族人是男还是女的，回答说是女的。被俘来的不仅作奴隶，还可作妻子。因为在图腾社会中有一种很重要的制度叫"外婚制"，就是男子不能和他本族的女子结婚，一定得找外族的女子作配偶。在这制度下两族本可交换女子结婚，但因古代婚姻，不单是解决两性的问题，重要的还是经济的问题，大家都需要生产、劳动力，女子在未嫁前帮娘家作活，娘家当然不愿她出嫁而减少一个帮手，使自己受到损失，所以老把女儿留在家里。但另一边同样急切地需要她去生产孩子，在这争持的情形下，产生了抢婚的行为，她既是被抢来的生产工人，便怕她逃回家去，或被娘家的人抢回，才用绳子捆起，成为这族的奴隶，所以谈到奴隶制度时，两性的因素不可缺少，甚至"奴隶制"是"外婚制"的发展呢！

## 女，奴性和妓性

中国古人造字，"女"字是"㚢"或"㚣"，象征绳子把坐着的人捆住，而"女"字和"奴"字在古时不但声音一样，意义也相同，本来是一个字，只是有时多加一只手牵着（㚢）而已，那时候，未出嫁的女儿叫"子"，出嫁后才叫"女"或"奴"，所以妇女的命运从历史的开始起，就这么惨了。

现在的社会里，奴隶已逐渐解放了，最先被解放的奴隶是距主人最远的农业奴隶，主人住在城里，他们住在乡间。其次被解放的是贵族的工商职奴隶，主人住在内城，他们住在外城。再其次是在主人身边伺候主人的听差老妈子，而资格最老，历史最久的奴隶——妇女——却还没有得到解放，因为她们和她们的主子——丈夫——的距离太近，关系太密切了，而且生活过得也还可以，不觉得要解放。

从历史上看中国的女性，就是奴性的同义字，三从四德就是奴性的内容。再不客气地说一句，近代西洋女性的妓性比较起来也好不了多少，只是男女关系不固定些而已。奴则老是呆在家里，不准外出，而且固定屈于一个男子，妓则要自由得多，妓因有被迫去当的，但自动去当妓，多少带点反抗性，所以近代西洋的妓性比中国的奴性要好一点，因为已解放了一个，只是不彻底而已。

## 真女性应该从母性出发
## 而不从妻性出发

彻底解放了的新女性应该是真女性，我们先设想在奴隶社会没开始时的那个没有阶级，没有主奴关系的社会，真女性就该以那社会中的天然的，本来的，真正的女性做标准。有人说女子总是女子，在生理上和男子不同，就进化来证明女子该进厨房，其实是不对的，根据人类学，在原始时的女性中心社会里的女子，长得和这时代的女子不同，胸部挺起，声量宽洪，性格刚强，而那时候的男子反因坐得久了，脂肪积储在下体，使臀部变大，同时又因须抚养儿女，性情温柔，声音细弱，所以除了女子能生育而产生母子关系而外，和男子并没有什么不同。真女性就应该从母性出发而不从妻性出发（从妻性出发，不成为奴，即成为妓），母亲对待儿子总是慈爱的，愿为儿子操劳，忍耐，甚至勇敢地牺牲，从母性出发的真女性是刚强的，具备一切美德如：仁慈，忍耐，勇敢，坚强，就是雌性的动物在哺乳的时候，总是比雄的还来得凶，来得可怕，俗语中的"母大虫""雌老虎"，古书上称猎得乳虎的做英雄，都是这个意思。女子彻底解放以后，将来的文化要由女子来领导。一切都以妇女为表率，为模范，为中心。

# 我们不反对女子中看又中用，
## 但最要紧的还是中用

妇女的解放，并不是个人的努力所能成功的，必须从整个社会下手，拆下旧房屋，再按照新计划去盖造，使成为没有阶级，没有主奴关系的社会。历史照螺旋形发展，从当初开始有奴隶的社会到今天刚好绕了一圈，现在又要到没有奴隶的社会了，这不是进化，不过这得有理想，有魄力，才能改变到一个新社会。三千年来的历史全错了，要是有一点地方对的，也是偶然碰上了而已。我的这种想法也许有点大胆，有点浪漫；但在有些地方——譬如苏联，已经试验成功了。台维斯的《出使莫斯科记》里说，"美国的女子中看不中用，苏联的女子中用不中看"。苏联女子就是从母性出发的真女性，是实际有用的，并不是供人看看的花瓶。当然我们不反对女子中看又中用，但最要紧的还是中用，倘以中看为标准而做去，充其量，只是表现出妓性。还有《延安一月》的作者告诉我们，延安的妇女已不像女性，也就是说延安的妇女是真正解放了，已不再是奴隶了。现在既有具体的，试验成功的榜样供大家学习，为什么还躲在这社会里呻吟而逃避呢？毕竟妇女解放问题被提出了，热烈地展开讨论了，表示妇女解放的条件已成熟，离真正解放的日子也不远了，一旦妇女真正解放，文化也就变成新的，文学艺术各部门都要以新姿态出现了！

# 八年的回忆与感想

说到联大的历史和演变,我们应追溯到长沙临时大学的一段生活。最初师生们陆续由北平跑出,到长沙集齐,住在圣经学校里,大家的情绪只是兴奋而已。记得教授们每天晚上吃完饭,大家聚在一间房子里,一边吃着茶,抽着烟,一边看着报纸,研究着地图,谈论着战事和各种问题。有时一个同事新从北方来到,大家更是兴奋的听他的逃难的故事和沿途的消息。大体上说,那时教授们和一般人一样只有着战争刚爆发时的紧张和愤慨,没有人想到战争是否可以胜利。既然我们被迫得不能不打,只好打了再说。人们对于保卫某据点的时间的久暂,意见有些出入,然而即使是最悲观的也没有考虑到战事如何结局的问题。那时我们甚至今天还不知道明天要做什么事。因为学校虽然天天在筹备开学,我们自己多数人心里却怀着另外一个幻想。我们脑子里装满了欧美现代国家的观念,以为这样的战争,一发生,全国都应该动员起来,自然我们自己也不是例外。于是我们有的等着政府的指示:或上前方参加工作,或在后方从事战时的生产,至少也可以在士兵或民众教育上尽点力。事实证明这个幻想终于只是幻想,于是我们的心理便渐渐回到自己岗位上的工作，我们依然得准备教书，教我们过去所教的书。

因为长沙圣经学校校舍的限制，我们文学院是指定在南岳上课的。在这里我们住的房子也是属于圣经学校的。这些房子是在山腰上，前面在我们脚下是南岳镇，后面往山里走，便是那探索不完的名胜。

在南岳的生活，现在想起来，真有"恍如隔世"之感。那时物价还没有开始跳涨，只是在微微的波动着罢了。记得大前门纸烟涨到两毛钱一包的时候，大家曾考虑到戒烟的办法。南岳是个偏僻地方，报纸要两三天以后才能看到，世界注意不到我们，我们也就渐渐不大注意世界了，于是在有规则性的上课与逛山的日程中，大家的生活又慢慢安定下来。半辈子的生活方式，究竟不容易改掉，暂时的扰动，只能使它表面上起点变化，机会一来，它还是要恢复常态的。

讲到同学们，我的印象是常有变动，仿佛时常走掉的并不比新来的少，走掉的自然多半是到前线参加实际战争去的。但留下的对于功课多数还是很专心的。

抗战对中国社会的影响，那时还不甚显著，人们对蒋主席的崇拜与信任，几乎是没有限度的。在没有读到史诺的《西行漫记》一类的书的时候，大家并不知道抗战是怎样起来的，只觉得那真是由于一个英勇刚毅的领导，对于这样一个人，你除了钦佩，还有什么话可说呢！有一次，我和一位先生谈到国共问题，大家都以为西安事变虽然业已过去，抗战却并不能把国共双方根本的矛盾彻底解决，只是把它暂时压下去了，这个矛盾将来是可能又现出来的。然则应该如何永久彻底解决这问题呢？这位先生认为英明神圣的领袖，代表着中国人民的最高智慧，时机来了，他一定会向左靠拢一点，整个国家民族也就会跟着他这样做，那时左右的问题自然就不存在了。现在想想中国的"真命天子"的观念真是根深蒂固！可惜我当时没有反问这位先生一句："如果领袖不向平安的方向靠，而是向黑暗的深渊里冲，整个国家民族是否也就跟着他那样做呢？"

但这在当时究竟是辽远的事情，当时大家争执得热烈的倒是应否实施战时教育的问题。同学中一部分觉得应该有一种有别于平时的战时教育，包括打靶，下乡宣传之类。教授大都与政府的看法相同，认为我们应该努力研究，以待将来建国之用，何况学生受了训，不见得比大兵打得更好，因为那时的中国军队确乎打得不坏。结果是两派人各行其是，愿意参加战争的上了前线，不愿意的依然留在学校里读书。在这里我们应该注意并不是全体学生都主张战时教育而全体教授都主张平时教育，前面说过，教授们也曾经等待过征调，只因征调没有消息，他们才回头来安心教书的。有些人还到南京或武昌去向政府投效过，结果自然都败兴而返。至于在学校里，他们并不积极反对参加点配合抗战的课程，但一则教育部没有明确的指示，二则学校教育一向与现实生活脱节，要他们炮声一响马上就把教育和现实配合起来，又叫他们如何下手呢？

武汉情势日渐危急，长沙的轰炸日益加剧，学校决定西迁了。一部分男同学组织了步行团，打算从湖南经贵州走到云南。那一次参加步行团的教授除我之外，还有黄子坚，袁复礼，李继侗，曾昭抡等先生。我们沿途并没有遇到土匪，如外面所传说的。只有一次，走到一个离土匪很近的地方，一夜大家紧张戒备，然而也是一场虚惊而已。

那时候，举国上下都在抗日的紧张情绪中，穷乡僻野的老百姓也都知道要打日本，所以沿途并没有作什么宣传的必要。同人民接近倒是常有的事。但多数人所注意的还是苗区的风俗习惯，服装，语言和名胜古迹等等。

在旅途中同学们的情绪很好，仿佛大家都觉得上面有一个英明的领袖，下面有五百万勇敢用命的兵士抗战，反正是没有问题的。我们只希望到昆明后，有一个能给大家安心读书的环境。大家似乎都不大谈，甚至也不大想政治问题。有时跟辅导团团长为了食宿闹点别扭，也都是很小的事，一般说来，都是很高兴的。

到昆明后，文法学院到蒙自呆了半年，蒙自又是一个世外桃源。到蒙自后，抗战的成绩渐渐露出马脚，有些被抗战打了强心针的人，现在，兴奋的情绪不能不因为冷酷的事实而渐渐低落了。

在蒙自，吃饭对于我是一件大苦事。第一我吃菜吃得咸，而云南的盐淡得可怕，叫厨工每餐饭准备一点盐，他每每又忘记，我也懒得多麻烦，于是天天只有忍痛吃淡菜。第二，同桌是一群著名的败北主义者，每到吃饭时必大发其败北主义的理论，指着报纸得意洋洋说："我说了要败，你看罢！现在怎么样？"他们人多势众，和他们辩论是无用的。

云南的生活当然不如北平舒服。有些人的家还在北平，上海或是香港，他们离家太久，每到暑假当然想回去看看，有的人便在这时一去不返了。

等到新校舍筑成，我们搬回昆明。这中间联大有一段很重要的历史，就是皖南事变时期，同学们在思想上分成了两个堡垒。那年我正休假，在晋宁县住了一年，所以校内的情形不大清楚，只听说有一部分同学离开了学校，但是后来又陆续回来了。

教授的生活在那时因为物价还没有显著的变化，并没有大变动。交通也比较方便，有的教授还常常回北平去看看家里的人。

一般说来，先生和同学那时都注重学术的研究和学习，并不像现在整天谈政治，谈时事。

大学的课程，甚至教材都要规定，这是陈立夫做了教育部长后才有的现象。这些花样引起了教授中普遍的反感。有一次教育部要重新"审定"教授们的"资格"，教授会中讨论到这问题，许多先生发言非常愤慨，但这并不意味着反对国民党的情绪。

联大风气开始改变，应该从三十三年算起，那一年政府改三月二十九日为青年节，引起了教授和同学们一致的愤慨。抗战期中的青年是大大的进步了，这在"一二·一"运动中，表现得尤其清楚。那几年同学中跑仰光赚钱的固然有，但那究竟是少数，并且这责任归根究底，还应该由政府来负。

这两年来，同学们对学术研究比较冷淡，确是事实，但人们因此而悲观，却是过虑。政治问题诚然是暂时的事，而学术研究是一个长期的工作。有些人主张不应该为了暂时的工作而荒废了永久的事业，初听这说法很有道理，但是暂时的难关通不过，怎能达到那永久的阶段呢？而且政治上了轨道，局势一安定下来，大家自然会回到学术里来的。

这年头愈是年青的，愈能识大体，博学多能的中年人反而只会挑剔小节，正当青年们昂起头来做人的时候，中年人却在黑暗的淫威面前屈膝了。究竟是谁应该向谁学习？想到这里，我觉得在今天所有的不合理的现象之中，教育，尤其大学教育，是最不合理的。抗战以来八九年教书生活的经验，使我整个的否定了我们的教育。我不知道我还能继续支持这样的生活多久，如果我真是有廉耻的话！

## 最后一次的讲演

——在云大至公堂李公朴夫人报告李先生死难经过大会上的讲演

这几天,大家晓得,在昆明出现了历史上最卑劣,最无耻的事情!李先生究竟犯了什么罪,竟遭此毒手?他只不过用笔写写文章,用嘴说说话,而他所写的,所说的,都无非是一个没有失掉良心的中国人的话!大家都有一枝笔,有一张嘴,有什么理由拿出来讲啊!有事实拿出来说啊!(闻先生声音激动了)为什么要打要杀,而且又不敢光明正大的来打来杀,而偷偷摸摸的来暗杀!(鼓掌)这成什么话?(鼓掌)

今天,这里有没有特务?你站出来!是好汉的站出来!你出来讲!凭什么要杀死李先生?(厉声,热烈的鼓掌)杀死了人,又不敢承认,还要诬蔑人,说什么"桃色事件",说什么共产党杀共产党,无耻啊!无耻啊!(热烈的鼓掌)这是某集团的无耻,恰是李先生的光荣!李先生在昆明被暗杀,是李先生留给昆明的光荣!也是昆明人的光荣!(鼓掌)

去年"一二·一"昆明青年学生为了反对内战,遭受屠杀,那算是青年的一代献出了他们最宝贵的生命!现在李先生为了争取民主和平，而遭受了反动派的暗杀，我们骄傲一点说，这算是像我这样大年纪的一代，我们的老战友，献出了最宝贵的生命。这两桩事发生在昆明，这算是昆明无限的光荣！（热烈的鼓掌）

反动派暗杀李先生的消息传出后，大家听了都悲愤痛恨。我心里想，这些无耻的东西，不知他们是怎么想法？他们的心理是什么状态？他们的心怎样长的？（捶击桌子）其实很简单，（低沉渐高）他们这样疯狂的来制造恐怖，正是他们自己在慌啊！在害怕啊！所以他们制造恐怖，其实是他们自己在恐怖啊！特务们，你们想想，你们还有几天，你们完了，快完了！你们以为打伤几个，杀死几个，就可以了事，就可以把人民吓倒了吗？其实广大的人民是打不尽的，杀不完的，要是这样可以的话，世界上早没有人了。你们杀死一个李公朴，会有千百万个李公朴站起来！你们将失去千百万的人民！你们看着我们人少，没有力量。告诉你们，我们的力量大得很！多得很！看今天来的这些人，都是我们的人，都是我们的力量！此外还有广大的市民！我们有这个信心：人民的力量是要胜利的，真理是永远存在的。历史上没有一个反人民的势力不被人民毁灭的！希特勒，墨索里尼不都在人民之前倒下去了吗？翻开历史看看，你还站得住几天！你完了，快完了！我们的光明就要出现了。我们看，光明就在我们眼前，而现在正是黎明之前那个最黑暗的时候。我们有力量打破这个黑暗，争到光明！

我们的光明，就是反动派的末日！（热烈的鼓掌）

反动派故意挑拨美苏的矛盾，想利用这矛盾来打内战。任你们怎么样挑拨，怎么样离间，美苏不一定打呀！现在四外长会议已经圆满闭幕了。这不是说美苏间已没有矛盾，但是可以让步，可以妥协，事情是曲折的，不是直线的。

李先生的血，不会白流的！李先生赔上了这条性命，我们要换来一个代价。"一二•一"四烈士倒下了，年轻的战士们的血，换来了政治协商会议的召开，现在李先生倒下了，他的血要换取政协会议的重开！（热烈的鼓掌）我们有这个信心！（鼓掌）

"一二•一"是昆明的光荣，是云南人民的光荣，云南有光荣的历史，远的如护国，这不用说了。近的如"一二•一"，都是属于云南人民的，我们要发扬云南光荣的历史！（听众表示接受）

反动派挑拨离间，卑鄙无耻，你们看见联大走了，学生放暑假了，便以为我们没有力量了吗？特务们！你们错了！你们看见今天到会的一千多青年，又握起手来了，我们昆明的青年决不会让你们这样蛮横下去的！

反动派，你看一个倒下去，可也看得见千百个继起的！

正义是杀不完的，因为真理永远存在！（鼓掌）

历史赋予昆明的任务是争取民主和平，我们昆明的青年必须完成这任务！

我们不怕死,我们有牺牲的精神,我们随时像李先生一样,前脚跨出大门,后脚就不准备再跨进大门!(长时间热烈的鼓掌)

第二辑

# 路 向

变是悠悠的演化,乱是挤来挤去的革命。若要不乱挤,就只得悠悠的变。若是该变而不变,那只有挤得你变了。

# 文艺与爱国
## ——纪念三月十八

铁狮子胡同大流血之后《诗刊》就诞生了,本是碰巧的事,但是谁能说《诗刊》与流血——文艺与爱国运动之间没有密切的关系?

"爱国精神在文学里,"我让德林克瓦特讲,"可以说是与四季之无穷感兴,与美的逝灭,与死的逼近,与对妇人的爱,是一种同等重要的题目。"爱国精神之表现于中外文学里已经是层出不穷,数不胜数了。爱国运动能够和文学复兴互为因果,我只举最近的一个榜样——爱尔兰,便是明确的证据。

我们的爱国运动和新文学运动何尝不是同时发轫的?他们原来是一种精神的两种表现。在表现上两种运动一向是分道扬镳的。我们也可以说正因为他们没有携手,所以爱国运动的收效既不大,新文学运动的成绩也就有限了。

爱尔兰的前例和我们自己的事实已经告诉我们了:这两种运动合起来便能够互收效益,分开来定要两败俱伤。所以《诗刊》的诞生刚刚在铁狮子胡同大流血之后,本是碰巧的;我却希望大家要当他不是碰巧的。我希望爱自由,爱正义,爱理想的热血要流在天安门，流在铁狮子胡同，但是也要流在笔尖，流在纸上。

同是一个热烈的情怀，犀利的感觉，见了一片红叶掉下地来，便要百感交集，"泪浪滔滔"，见了十三龄童的赤血在地下踩成泥浆子，反而漠然无动于中。这是不是不近人情？我并不要诗人替人道主义同一切的什么主义捧场。因为讲到主义便是成见了。理性铸成的成见是艺术的致死伤；诗人应该能超脱这一点。诗人应该是一张留声机的片子，钢针一碰着他就响。他自己不能决定什么时候响，什么时候不响。他完全是被动的。他是不能自主，不能自救的。诗人做到了这个地步，便包罗万有，与宇宙契合了。换句话说，就是所谓伟大的同情心——艺术的真源。

并且同情心发达到极点，刺激来得强，反动也来得强，也许有时仅仅一点文字上的表现还不够，那便非现身说法不可了。所以陆游一个七十衰翁要"泪洒龙床请北征"，拜伦要战死在疆场上了。所以拜伦最完美，最伟大的一首诗，也便是这一死。所以我们觉得诸志士们三月十八日的死难不仅是爱国，而且是伟大的诗。我们若得着死难者的热情的一部分，便可以在文艺上大成功；若得着死难者的热情的全部，便可以追他们的踪迹，杀身成仁了。

因此我们就将《诗刊》开幕的一日最虔诚的献给这次死难的志士们！

# 泰果尔[1]批评

听说Sir Rabindranath Tagore快到中国来了。这样一位有名的客人来光临我们，我们当然是欢迎不暇的了。我对客人来表示了欢迎之后，却有几句话要向我们自己——特别是我们文学界——讲一讲。

无论怎样成功的艺术家，有他的长处，必有他的短处。泰果尔也逃不出这条公例。所以我们研究他的时候，应该知所取舍。我们要的是明察的鉴赏，不是盲目的崇拜。

哲理本不宜入诗，哲理诗之难于成为上等的文艺正因这个原故。许多的人都在这上头失败了。泰果尔也曾拿起 Ulysses 底大弓尝试了一番，他也终于没有弯得过来。国内最流行的《飞鸟》，作者本来就没有把它当诗做（这一部格言，语录和"寸铁诗"是他游历美国时写下的。*Philadelphia Public Ledger* 底记者只说"从一方面讲这些飞鸟是些微小的散文诗"，因为它们暗示日本诗底短小与轻脆。），我们姑且不必论它。便是那赢得诺贝尔奖的《吉檀迦利》和那同样著名的《采果》，其

---

[1] 今译泰戈尔，印度诗人，诺贝尔文学奖获得者，著有《吉檀迦利》等。

中也有一部分是诗人理智中的一些概念，还不曾通过情感的觉识。这里头确乎没有诗。谁能把这些哲言看懂了，他所得的不过是猜中了灯谜底胜利的欢乐，决非审美的愉快。这一类的千熬百炼的哲理的金丹正是诗人自己所谓Life's harvest mellows into golden wisdom。然而诗家的主人是情绪，智慧是一位不速之客，无须拒绝，也不必强留。至于喧宾夺主却是万万行不得的！

《吉檀迦利》同《采果》里又有一部分是平凡的祷词。我不怀疑诗人祈祷时候的心境最近于ecstacy，ecstacy是情感底最高潮，然我不能承认这些是好诗。推其理由，也极浅鲜。诗人与万有冥交的时候，已先要摆脱现象，忘弃肉体之存在，而泯没其自我于虚无之中。这种时候，一切都没有了，哪里还有语言，更哪里还有诗呢？诗人在别处已说透了这一层秘密——他说上帝底面前他的心灵vainly struggles for a voice。从来赞美诗（hymns）中少有佳作，正因作者要在"入定"期中说话；首先这种态度就不诚实了，讲出的话，怎能感人呢？若择定在准备"入定"之前期或回忆"入定"之后期为诗中之时间，而以现象界为其背景，那便好说话了，因为那样才有说话的余地。

泰果尔底文艺底最大的缺憾是没有把捉到现实。文学是生命底表现，便是形而上的诗也不外此例。普遍性是文学底要质而生活中的经验是最普遍的东西，所以文学底宫殿必须建在生命底基石上。形而上学惟其离生活远，要它成为好的文学，越发不能不用生活中的经验去表现。形而上的诗人若没有将现实好好的把捉住，他的诗人的资格恐怕要自行剥夺了。

印度的思想本是否定生活的，严格讲来，不宜于艺术的发展。泰果尔因为受了西方文化底陶染，他的思想已经不是标类的印度思想了。他曾宣言了——Deliveranse is not for me renunciation，然而西方思想究竟是在浮面黏贴着，印度的根性依然藏伏在里边不曾损坏。他怀慕死亡的时候，究竟比歌讴生命的时候多些。从他的艺术上看来，他在这世界里果然是一个生疏的旅客。他的言语，充满了抽象的字样，是另一个世界的方言，不像我们这地球上的土语。他似乎不大认识我们的环境与风俗，因为他提到这些东西的时候，只是些肤浅的观察，而且他的意义总是难得捉摸。总而言之，他的举止吐属，无一样不现着outlandish，无怪乎他常感着

homesick...for the one sweet hour across the sea of time，因为他不曾明白地讲过吗？

I came to your shore as a stranger, I lived in your house as a guest...my earth.

泰果尔虽然爱好自然，但他爱的是泛神论的自然界。他并不爱自然的本身，他所受的是the simple meaning of thy whisper in showers and sunshine，是God's power...in the gentle breeze，是鸟翼，星光同四季的花卉所隐藏着的，the unseen way。人生也不是泰果尔底文艺的对象，只是他的宗教的象征。穿绛色衣服的

行客，在床上寻找花瓣的少女，仆人或新妇在门口伫望主人回家，都是心灵向往上帝底象征；一个老人坐在小船上鼓瑟，不是一个真人，乃是上帝底原身。诗人底"父亲""主人""爱人""弟兄""朋友"都不是血肉做的人，实在便是上帝。泰果尔记载了一些自然的现象，但没有描写他们；他只感到灵性的美，而不赏识官觉的美。泰果尔摘录了些人生的现象，但没有表现出人生中的戏剧；他不会从人生中看出宗教，只用宗教来训释人生。把这些辨别清楚了，我们便知道泰果尔何以没有把捉住现实；由此我们又可以断言诗人的泰果尔定要失败，因为前面已经讲过，文学底宫殿必须建在现实的人生底基石上。果然我们读《吉檀迦利》《采果》《园丁》《新月》等，我们仿佛寄身在一座云雾的宫阙里，那里只有时隐时现，似人非人的生物。我们初到时，未尝不觉得新奇可喜；然而待久一点，便要感着一种可怕的孤寂，这时我们渴求的只是与我们同类的人，我们要看看人底举动，要听听人底声音，才能安心。我们在泰果尔底世界里要眷念着我们的家乡，犹之泰果尔在我们的地球上时时怀想他的故土一样。

多半时候泰果尔只能诉于我们的脑筋，他常常能指点出一个出人意外入人意中的真理来。但是他并不能激动我们的情绪，使我们感觉到生活底溢流。这也是没有把捉住人生底结果。他若是勉强弹上了情绪之弦，他的音乐不失之于渺茫，便失之于纤弱。渺茫到了玄虚的时候，便等于没有音乐！纤弱的流弊能流于感伤主义。我们知道做《新月》的泰果尔很能了解儿童，却不料他自己竟变成一个儿童了，因为感伤主义正是儿童与妇女底情绪。（写到这里，我记起中国最善学泰果尔的是一个女作家；必是诗人底作品中女性的成分才能引起女人底共鸣。）泰果尔底诗是清淡，然而太清淡，清淡到空虚了；泰果尔的诗是秀丽，然而太秀丽，秀丽到纤弱了。Mr. John Macy批评《园丁》里一首诗讲道：(it) would be faintly impressive if Walt Whitman bad never lived，我们也可以讲若是李杜没有生，韦孟也许可以作中国的第一流诗人了。

在艺术方面泰果尔更不足引人入胜。他是个诗人，而不是个艺术家。他的诗是没有形式的。我讲这一句话恐怕又要触犯许多人底忌讳。但是我不能相信没有形式的东西怎能存在，我更不能明瞭若没有形式艺术怎能存在！固定的形式不当存在，但是那和形式的本身有什么关系呢？我们要打破一个固定的形式，目的是要得到许多变异的形式罢了。泰果尔底诗不但没有形式，而且可说是没有廓线。因为这样，所以单调成了它的特性。我们试读他的全部的诗集，从头到尾，都仿佛不成形体，没有色彩的amoeba式的东西。我们还要记好这是些抒情的诗。别种的诗若是可以离形体而独立，抒情诗是万万不能的。Walter Pater讲了："抒情诗至少从艺术上讲来是最高尚最完美的诗体，因为我们不能使其形式与内容分离而不影响其内容之本身。"

泰果尔底诗之所以伟大是因为他的哲学，论他的艺术实在平庸得很。他在欧洲的声望也是靠他诗中的哲学赢来的。至于他的知音夏芝①所以赏识他，有两种潜意识的私人的动机，也不必仔细去讲它。但是我们要估定泰果尔底真价值，就不当取欧洲人底态度或夏芝底态度，也不当因为作者与自己同是东方人，又同属于倒霉的民族而受一种感伤作用底支配；我们但当保持一种纯客观的，不关心的disinterested态度。若真能用这种透视法去观赏泰果尔底艺术，我想我们对于这位诗人底价值定有一番新见解。于今我们的新诗已够空虚，够纤弱，够偏重理智，够缺乏形式的了，若再加上泰果尔底影响，变本加厉，将来定有不可救药的一天。希望我们的文学界注意。

---

① 今译叶芝，爱尔兰诗人，诺贝尔文学奖获得者，著有《丽达与天鹅》。

# 诗与批评

什么是诗呢？我们谁能大胆地说出什么是诗呢？我们谁能大胆地决定什么是诗呢？不能！有多少人是曾经对于诗发表过意见，但那意见不一定是合理的，不一定是真理；那是一种个人的偏见，因为是偏见，所以不一定是对的。但是，我们怎样决定诗是什么呢？我以为，来测度诗的不是偏见，应该是批评。

对于"什么是诗"的问题，有两种对立的主张。

有一种人以为："诗是不负责的宣传。"

另一种人以为："诗是美的语言。"

我们念了一篇诗，一定不会是白念的，只要是好诗，我们念过之后就受了他的影响：诗人在作品中对于人生的看法影响我们，对于人生的态度影响我们，我们就是接受了他的宣传。诗人用了文字的魔力来征服他的读者，先用了这种文字的魅力使读者自然地沉醉，自然地受了催眠，然后便自自然然的接受了诗人的意见，接受他的宣传。这个宣传是有如何的效果呢？诗人不问这个，因为他的宣传是不负责的宣传。诗人在作品中所表示的意见是可靠的吗？这是不一定的，诗人有他自己的偏见,偏见不一定是对的。好些人把诗人比作疯子,疯人的意见怎么是真理呢?实在,好些诗人写下了他的诗篇,他并不想到有什么效果,他并不为了效果而写诗,他并不为了宣传而写诗,他是为诗而写诗的;因之,他的诗就是一种不负责的东西了,不负责的东西是好的吗?这是一个很重要的问题,所以第一种主张,就侧重在这种宣传的效果方面,我想,这是一种对于诗的价值论者。

好些人念一篇诗时是不理会他的价值的,他只吟味于词句的安排,惊喜于韵律的美妙:完全折服于文字与技巧中。这种人往往以为他的态度仅止于欣赏,仅止于享受而已。他是为念诗而念诗。其实这是不可能的事,在文字与技巧的魅力上,你并不只享受于那分艺术的功力,你会被征服于不知不觉中,你会不知不觉地为诗人所影响,所迷惑。对于这种不顾价值,而只求感受舒适的人,我想他们是对于诗的效率论者。

这两种态度都是不对的。因为单独的价值论或是效率论都不是真理。我以为,从批评诗的正确的态度上说,是应该二者兼顾的。

柏拉图在他的《理想国》中赶走了诗人,因为他不满意诗人。他是一个极端的价值论者,他不满意于诗人的不负责的宣传。一篇诗作是以如何残忍的方式去征服一个读者。诗篇先以美的颜面去迷惑了一个读者,叫他沉迷于字面,音韵,旋律,叫他为这些奉献了自己,然而又以诗人的偏见深深烙印在读者的灵魂与感情上，然而这是一个如何的烙印——不负责的宣传已是诗的最大罪名了，我们很难有法子让诗人对于他的宣传负责（诗人是否能负责又是一个问题），这样一来，为了防范这种不负责的宣传，我们是不是可以不要诗了呢？不行，我们觉得诗是非要不可，诗非存在不可的。既然这样，所以我们要求诗是"负责的宣传"。我们要求诗人对他的作品负责，但这也许是不容易的事，因之，我们想得用一点外力，我们以社会使诗人负责。

负责的问题成为最重要的了，我们为了诗的光荣存在而辩护，所以不能不要求诗的宣传是负责的，是有利益于社会的。我们想，若是要知道这宣传是否负责而用新闻检查的方式，实在是可笑的，我们不能用检查去了解，我们要用批评去了解；目前的诗著作是可用检查的方式限制的，但这限制对于古人是无用的，而且事实上有谁会想出这种类似焚书坑儒的事来折磨我们的诗人呢？我想应该不会，在苏联和别的国家也许用一种方法叫诗人负责，方法很简单，就是，拉着诗人的鼻子走，如同牵牛一样。政府派诗人做负责的诗，一个纪念，叫诗人做诗，一个建筑落成，叫诗人做诗，这样，好些诗是写出来了，但结果，在这种方式下产生出来的作品，只是宣传品而不是诗了，既不是诗，宣传的力量也就小了或甚至没有了，最后，这些东西既不是诗，也不是宣传品，则什么都不是了。我们知道马也可夫斯基写过诗，也写过宣传品，后来他自杀了，谁知道他为什么自杀呢?所以我想,拉着诗人的鼻子走的方式并不是好的方式。

政府是可以指导思想的。但叫诗人负责,这不是诗人做得到的;上边我说,我们需要一点外力,这外力不是发自政府,而是发自社会,我觉得去测度诗是否为负责的宣传的任务不是检查所的先生完成得了的,这个任务,应该交给批评家。

每个诗人都有他独特的性格,作风,意见和态度,这些东西会表现在作品里。一个读者要单选上一个诗人的东西读,也许不是有益而是有害的,因为我们无法担保这个诗人是完全对的,我们一定要受他的影响,若他的东西有了毒,是则我们就中毒了。鸡蛋是一种良好的食品,既滋补而又可口,但据说吃多了是有毒的,所以我们不能天天只吃鸡蛋,我们要吃别的东西。读诗也一样,我觉得无妨多读,从庞乱中,可以提取养料来补自己,我们可以读李白,杜甫,陶潜,李商隐,莎士比亚,但丁,雪莱,甚至其他的一切诗人的东西,好些作品混在一起,有毒的部分抵消了,留下滋养的成分;不负责的部分没有了,留下负责的成分。因为,我们知道凡是能够永远流传下去的东西,差不多可以说是好的,时间和读者会无情地淘汰坏的作品。我以为我们可以有一个可靠的选本,这位批评家应该是懂得人生,懂得诗,懂得什么是效率,懂得什么是价值的这样一个人。

我以为诗是应该自由发展的。什么形式什么内容的诗我们都要。我们设想我们的选本是一个治病的药方，那末里面可以有李白，杜甫，陶渊明，苏东坡，歌德，济慈，莎士比亚；我们可以假想李白是一味大黄吧，陶渊明是一味甘草吧，他们都有用，我们只要适当地配合起来，这个药方是可以治病的。所以，我们与其去管诗人，叫他负责，我们不如好好地找到一个批评家，批评家不单给我们以好诗，而且可以给社会以好诗。

历史是循环的，所以我现在想提到历史来帮助我们了解我们的时代，了解时代赋予诗的意义，了解我们批评的态度。封建的时代我们看得出只有社会，没有个人，《诗经》给他们一个证明。《诗经》的时代过去了，个人从社会里边站出来，于是我们发觉《古诗十九首》实在比《诗经》可爱，《楚辞》实在比《诗经》可爱。因为我们自己现在是个人主义社会里的一员，我们所以喜爱那个人的表现，我们因之觉得《古诗十九首》比《诗经》对我们亲切。《诗经》的时代过去了之后，个人主义社会的趋势已经非常明显了。而且实实在在就果然进到了个人主义社会。这时候只有个人，没有社会。个人是鸩沉于自己的享乐，忘记社会，个人是觅求"效率"以增加自己愉悦的感受，忘记自己以外的人群。陶渊明时代有多少人过极端苦闷的日子，但他不管，他为他自己写下闲逸的诗篇。谢灵运一样忘记社会，为自己的愉悦而玩弄文字——当我们想到那时别人的苦难，想着那幅《流民图》，我们实实在在觉得陶渊明与谢灵运之流是多么无心肝，多么该死——这是个人主义发展到极端了，到了极端，即是宣布了个人主义的崩溃，灭亡。杜甫出来了，他的笔触到广大的社会与人群，他为了这个社会与人群而共同欢乐，共同悲苦，他为社会与人群而振呼。杜甫之后有了白居易，白居易不单是把笔濡染着社会，而且他为当前的事物提出他的主张与见解。诗人从个人的圈子走出来，从小我而走向大我，《诗经》时代只有社会，没有个人，再进而只有个人没有社会，进到这时候，已经是成为了个人社会（Individual Society）了。

到这里，我应提出我是重视诗的社会的价值了。我以为不久的将来，我们的社会一定会发展成为Society of Individual, Individual for Society（社会属于个人，个人为了社会）的，诗是与时代共同呼吸的，所以，我们时代不单要用效率论来批评诗，而更重要的是以价值论诗了，因为加在我们身上的将是一个新时代。

诗是要对社会负责了，所以我们需要批评。《诗经》时代何以没有批评呢？因为，那些作品都是负责的，那些作品没有"效率"，但有"价值"，而且全是"教育的价值"，所以不用批评了。（自然，一篇实在没有价值的东西也可以说得出价值来的，对这事我们可以不必论及了。）个人主义时代也不要批评，因为诗就是给自己享受享受而已，反正大家标准一样，批评是多余的；那时候不论价值，因为效率就是价值。（诗话一类的书就只在谈效率，全不能算是批评。）但今天，我们需要批评，而且需要正确而健康的批评。

春秋时代是一个相当美的时代，那时候政治上保持一种均势。孔子删诗，孔子对于诗作过最好的，最合理的批评。在《左传》上关于诗的批评我认为是对的，孔子注重诗的社会价值。自然，正确的批评是应该兼顾到效率与价值的。

从目前的情形看，一般都只讲求效率了，而忽视了价值，所以我要大声疾呼请大家留心价值。有人以为着重价值就会忽略了效率，就会抹煞了效率。我以为不会。这种担心是多余的。我们不要以为效率会被抹煞，只要看看普遍的情形。我们不是还叫读诗叫欣赏诗吗？我们不是还很重视于字句声律这些东西吗？社会价值是重要的，我们要诗成为"负责的宣传"，就非得着重价值不可，因为价值实在是被"忽视"了。

诗是社会的产物，若不是于社会有用的工具，社会是不要他的。诗人掘发出了这原料，让批评家把他做成工具，交给社会广大的人群去消化。所以原料是不怕多的，我们什么诗人都要，什么样的诗都要，只要制造工具的人技术高技术精。

我以为诗人有等级的，我们假设说如同别的东西一样分做一等二等三等，那么杜甫应该是一等的，因为他的诗博大，有人说黄山谷，韩昌黎，李义山等都是从杜甫来的，那么杜甫是包罗了这么多"资源"，而这些资源大部是优良的美好的，你只念杜甫，你不会中毒，你只念李义山就糟了，你会中毒的，所以李义山只是二等诗人了。陶渊明的诗是美的，我以为他诗里的资源是类乎珍宝一样的东西,美丽而没有用,是则陶渊明应列在杜甫之下。

所以,我们需要懂得人生,懂得诗,懂得什么是效率,懂得什么是价值的批评家为我们制造工具,编制选本,但是,谁是批评家呢?我不知道。

# 女神之时代精神

若讲新诗，郭沫若君的诗才配称新呢，不独艺术上他的作品与旧诗词相去最远，最要紧的是他的精神完全是时代的精神——20世纪底时代的精神。有人讲文艺作品是时代底产儿。《女神》真不愧为时代底一个肖子。

（一）20世纪是个动的世纪。这种精神映射于《女神》中最为明显。《笔立山头展望》最是一个好例——

> 大都会底脉搏呀！
> 生底鼓动呀！
> 打着在，吹着在，叫着在……
> 喷着在，飞着在，跳着在……
> 四面的天郊烟幕蒙笼了！
> 我的心脏呀，快要跳出口来了！
> 哦哦，山岳底波涛，瓦屋底波涛，
> 涌着在，涌着在，涌着在，涌着在呀！
> 万籁共鸣的Symphony[①]

---

① Symphony——交响乐。

自然与人生的婚礼呀！
　　……

　　恐怕没有别的东西比火车底飞跑同轮船的鼓进（阅《新生》与《笔立山头展望》）再能叫出郭君心里那种压不平的活动之欲罢？再看这一段供招——

　　　　今天天气甚好，火车在青翠的田畴中急行，好像个勇猛沉毅的少年向着希望弥满的前途努力奋迈的一般。飞！飞！一切青翠的生命，灿烂的光波在我们眼前飞舞。飞！飞！飞！我的自己融化在这个磅礴雄浑的rhythm中去了！我同火车全体，大自然全体，完全合而为一了！我凭着车窗望着旋回飞舞着的自然，听着车轮鞺鞳的进行调，痛快！痛快！……

　　　　　　　　（《与宗白华书》《三叶集》一三八页）

这种动的本能是近代文明一切的事业之母，他是近代文明之细胞核。郭沫若底这种特质使他根本上异于我国往古之诗人。比之陶潜之——

　　结庐在人境，而无车马喧。

一则极端之动,一则极端之静,静到——

> 心远地自偏,

隐遁逐成一个赘疣的手续了,——于是白居易可以高唱着——

> 大隐隐朝市,

苏轼也可以笑那"北山猿鹤漫移文"了。

(二)20世纪是个反抗的世纪。"自由"底伸张给了我们一个对待权威的利器,因此革命流血成了现代文明底一个特色了。《女神》中这种精神更瞭如指掌。只看《匪徒颂》里的一些。——

> 一切……革命底匪徒们呀!
> 万岁!万岁!万岁!

那是何等激越的精神,直要骇得金脸的尊者在宝座上发抖了哦。《胜利的死》真是血与泪的结晶:拜伦,康沫尔[①]底灵火又在我们的诗人底胸中烧着了!

---

[①] 康沫尔(Thomas Campbell, 1777—1844)——苏格兰诗人。

你暗淡无光的月轮哟！我希望我们这阴莽莽的地球，在这一刹那间，早早同你一样冰化，

啊！这又是何等的疾愤！何等的悲哀！何等的沉痛！——

汪洋的大海正在唱着他悲壮的哀歌，
穹窿无际的青天已经哭红了他的脸面，
远远的西方，太阳沉没了！——

悲壮的死哟！金光灿烂的死哟！凯旋同等的死哟！胜利的死哟！

兼爱无私的死神！我感谢你哟！你把我敬爱无暨的马克司威尼①早早救了！

自由的战士，马克司威尼，你表示出我们人类意志底权威如此伟大！

我感谢你呀！赞美你呀！"自由"从此不死了！
夜幕闭了后的月轮哟！何等光明呀！……

（三）《女神》底诗人本是一位医学专家。《女神》里富

---

① 马克司威尼——爱尔兰独立军领袖，新芬党员，为英政府逮捕并幽囚于剥里克士通监狱。耻食英粟，1920年10月25日饿死狱中。

有科学底成分也是无足怪的。况且真艺术与真科学本是携手进行的呢。然而这里又可以见出《女神》里的近代精神了。略微举几个例——

> 你去，去寻那与我的振动数相同的人；
> 你去，去寻那与我的燃烧点相等的人。
>
> ——《序诗》

> 否，否。不然！是地球在自转，公转，
>
> ——《金字塔》

> 我是X光线底光，
> 我是全宇宙底energy①底总量！
>
> ——《天狗》

> 我想我的前身
> 原本是有用的栋梁，
> 我活埋在地底多年，
> 到今朝才得重见天光。
>
> ——《炉中煤》

---

① energy——能力。

你暗淡无光的月轮哟！……早早同你一样冰化！

——《胜利的死》

至于这些句子像——

我要把我的声带唱破！

——《梅花树下醉歌》

我的一枝枝的神经纤维在身中战栗。

——《夜步十里松原》

还有散见于集中的许多人体上的名词如脑筋、脊髓、血液、呼吸……更完完全全的是一个西洋的 doctor① 底口吻了。上举各例还不过诗中所运用之科学知识，见于形式上的。至于那讴歌机械底地方更当发源于一种内在的科学精神。在我们的诗人底眼里，轮船的烟筒开着了黑色的牡丹是"近代文明底严母"，太阳是亚波罗坐的摩托车前的明灯；诗人底心同太阳是"一座公司底电灯"；云日更迭的掩映是同探海灯转着一样；火车的飞跑同于"勇猛沉毅的少年"之努力，在他眼里机械已不是一些

---

① doctor——医生。

无声的物具，是有意识有生机如同人神一样，机械底丑恶性已被忽略了；在幻想同感情魔术之下他已穿上美丽的衣裳了呢。

这种伎俩恐怕非一个以科学家兼诗人者不办。因为先要解透了科学，亲近了科学，跟他有了同情，然后才能驯服他于艺术底指挥之下。

（四）科学底发达使交通底器械将全世界人类底相互关系捆得更紧了。因有史以来世界之大同的色彩没有像今日这样鲜明的，郭沫若底《晨安》便是这种Cosmopolitanism[①]底证据了。《匪徒颂》也有同样的原质，但不是那样明显。即如《女神》全集中所用的方言也就有四种了。他所称引的民族，有黄人，有白人，还有"有火一样的心肠"的黑奴。他所运用的地名散满于亚美欧非四大洲。原来这种在西洋文学里不算什么。但同我们的新文学比起来，才见得是个稀少的原质，同我们的旧文学比起来更不用讲是破天荒了。啊！诗人不肯限于国界，却要做世界底一员了；他遂喊道——

晨安！梳人灵魂的晨风呀！
晨风呀！请把我的声音传到四方去罢！

——《晨安》

---

① Cosmopolitanism——世界大同。

（五）物质文明底结果便是绝望与消极。然而人类底灵魂究竟没有死，在这绝望与消极之中又时时忘不了一种挣扎抖擞底动作。20世纪是个悲哀与兴奋底世纪。20世纪是黑暗的世界，但这黑暗是先导黎明的黑暗。20世纪是死的世界，但这死是预言更生的死。这样便是20世纪，尤其是20世纪底中国。

> 流不尽的眼泪，
> 洗不净的污浊，
> 浇不熄的情炎，
> 荡不去的羞辱。
>
> ——《凤凰涅槃》

不是这位诗人独有的，乃是有生之伦，尤其是青年们所共有的。但别处的青年虽一样地富有眼泪、污浊、情炎、羞辱，恐怕他们自己觉得并不十分真切。只有现在的中国青年——"五四"后之中国青年，他们的烦恼悲哀真像火一样烧着，潮一样涌着，他们觉得这"冷酷如铁""黑暗如漆""腥秽如血"的宇宙真一秒钟也羁留不得了。他们厌这世界，也厌他们自己。于是急躁者归于自杀，忍耐者力图革新。革新者又觉得意志总敌不住冲动，则抖擞起来，又跌倒下去了。但是他们太溺爱生活了，爱他的甜处，也爱他的辣处。他们决不肯脱逃，也不肯降服。他们的心里只塞满了叫不出的苦，喊不尽的哀。

他们的心快塞破了，忽地一个人用海涛底音调，雷霆底声响替他们全盘唱出来了。这个人便是郭沫若，他所唱的就是《女神》。难怪个个中国青年读《女神》没有椎膺顿足同《湘累》里的屈原同声叫道——

  哦，好悲切的歌词！唱得我也流起泪来了。
  流罢！流罢！我生命底泉水呀！你一流出来，
  好像把我全身底烈火都浇息了的一样。……你这不可思议的内在的灵泉，你又把我苏活转来了！

啊！现代的青年是血与泪的青年，忏悔与兴奋的青年。《女神》是血与泪的诗，忏悔与兴奋的诗。田汉君在给《女神》之作者的信里讲得对："与其说你有诗才，无宁说你有诗魂，因为你的诗首首都是你的血，你的泪，你的自叙传，你的忏悔录啊！"但是丹穴山上的香木不只焚毁了诗人底旧形体，并连现时一切的青年底形骸都毁掉了。凤凰底涅槃是一切青年底涅槃。凤凰不是唱道？——

  我们更生了。
  我们更生了。
  一切的一，更生了。
  一的一切，更生了。

> 我们便是"他",他们便是我。
> 我中也有你,你中也有我。
> 我便是你。
> 你便是我。

奇怪得很,北〔新〕社编的《新诗年选》偏取了《死的引诱》作《女神》的代表之一。他们非但不懂读诗,并且不会观人。《女神》底作者岂是那样软弱的消极者吗?

> 你去!去在我可爱的青年的兄弟姊妹胸中;
> 把他们的心弦拨动,
> 把他们的智光点燃罢!
>
> ——《序诗》

假若《女神》里尽是《死的引诱》一类的东西,恐怕兄弟姊妹底心弦都被他割断,智光都被他扑灭了呢!

原来蹈恶犯罪是人之常情。人不怕有罪恶,只怕有罪恶而甘于罪恶,那便终古沉沦于死亡之渊里了。人类的价值在能忏悔,能革新。世界底文化也不过由这一点发生的。忏悔是美德中最美的,他是一切的光明底源头。他是尺蠖的灵魂渴求展伸的表象。

唉，泥上的脚印！
你好像是我灵魂儿的象征！
你自陷了泥涂，
你自会受人踩蹦。
唉，我的灵魂！
你快登上山顶！

——《登临》

所以在这里我们的诗人不独喊出了人人心中底热情来，而且喊出人人心中最神圣的一种热情呢！

# 《三盘鼓》序

诚之最近生过一次相当严重的病,在危险关头,他几乎失掉挣扎的勇气,事后据他说,是医生的药,也是我在他榻前一番鞭策性的谈话,帮他挽回了生机。经过这番折磨,这番锻炼,他的身体是照例的比病前更加健康了。就在这当儿,他准备已久的诗集快出版了,要我说几句话,我想起他生病的经过,他觉得这诗集的问世特别有意义。

从来中华民族生命的危殆,没有甚于今天的,多少人失掉挣扎的勇气也是事实,这正是需要药石和鞭策的时候。今天诚之这象征搏斗姿态的《仙人掌》,这声言"For the Worried many"的诗集(参看本书后记)的问世,是负起了一种使命的,而且我相信也必能完成它的使命,因为这里有药石,也有鞭策。

诗的女神良善得太久了,她的身世和"小花生米"或那

……靠着三盘鼓
到处摸索她们的生命线

的三个，没有两样，她又像那

> 怀私生子的孕妇，
> 孕育着
> 爱与恨的结晶，
> 交织着
> 爱恋与羞耻的心情，

她受尽了侮辱与欺骗，而自己却天天还在抱着"温柔敦厚"的教条，做贤妻良母的梦。这都是为了心肠太软的缘故。多数从事文艺的人们都是良善的，而做诗的朋友们心肠尤其软。这是他们的好处。但如果被利用了，做了某种人"软"化另一种人，以便加紧施行剥削的工具，那他们的好处便变成了罪恶。我在"温柔敦厚，诗之教也"这句古训里嗅到了数千年的血腥。诚之的诗有诗的好处，没有它的罪恶，因为我说过，这里有的是药石和鞭策，不过我希望他还要加强他的药石性的猛和鞭策性的力。

三十三年十一月闻一多于昆

# 时代的鼓手
——读田间的诗

鼓——这种韵律的乐品,是一切乐器的祖宗,也是一切乐器中之王。音乐不能离韵律而存在,它便也不能离鼓的作用而存在。鼓象征了音乐的生命。

提起鼓,我们便想到了一串形容词:整肃,庄严,雄壮,刚毅和粗暴,急躁,阴郁,深沉……鼓是男性的,原始男性的,它蕴藏着整个原始男性的神秘。它是最原始的乐器,也是最原始的生命情调的喘息。

如果鼓的声律是音乐的生命,鼓的情绪便是生命的音乐。音乐不能离鼓的声律而存在,生命也不能离鼓的情绪而存在。

诗与乐一向是平行发展着的。正如从敲击乐器到管弦乐器是韵律的音乐发展到旋律的音乐,从三四言到五七言也是韵律的诗发展到旋律的诗。音乐也好,诗也好,就声律说,这是进步。可痛惜的是,声律进步的代价是情绪的萎顿。在诗里,一如在音乐里,从此以后以管弦的情绪代替了鼓的情绪,结果都是"靡靡之音"。这感觉的愈趋细致,乃是感情愈趋脆弱的表征,而脆弱感情不也就是生命疲困,甚或衰竭的征兆吗?

二千年来古旧的历史，说来太冗长。单说新诗的历史，打头不是没有一阵朴质而健康的鼓的声律与情绪，接着依然是"靡靡之音"的传统，在舶来品的商标的伪装之下，支配了不少的年月。疲困与衰竭的半音，似乎比历史上任何时期都变本加厉了的风行着。那是宿命，是历史发展的必然阶段吗？也许。但谁又叫新生与振奋的时代来得那样突然！箫声，琴声（甚至是无弦琴），自然配合不上流血与流汗的工作。于是忙乱中，新派，旧派，人人都设法拖出一面鼓来，你可以想象一片潮湿而发霉的声响，在那壮烈的场面中，显得如何的滑稽！它给你的印象仍然是疲困与衰竭。它不是激励，而是揶揄，侮蔑这战争。

于是，忽然碰到这样的声响，你便不免吃一惊：

"多一颗粮食，

就多一颗消灭敌人的枪弹！"

听到吗

这是好话哩！

听到吗

我们

要赶快鼓励自己底心

到地里去！

要地里

长出麦子；
　　要地里
　　长出小米；
　　拿这东西
　　　当做
　　　持久战的武器
　　(多一些！
　　多一些！)
　　多点粮食，
　　就多点胜利。

　　　　　　　　　　　　(田间：《多一些》)

这里没有"弦外之音"，没有"绕梁三日"的余韵，没有半音，没有玩任何"花头"，只是一句句朴质，干脆，真诚的话（多么有斤两的话！），简短而坚实的句子，就是一声声的"鼓点"，单调，但是响亮而沉重，打入你耳中，打在你心上。你说这不是诗，因为你的耳朵太熟习于"弦外之音"……那一套，你的耳朵太细了。

　　你看，——
　　他们底
　　仇恨的

力,
他们底
仇恨的
血,
他们底
仇恨的
歌,
握在
手里。
握在
手里,
要洒出来……
几十个,
很响地
——在一块;
几十个
达达地
——在一块;
回旋……
狂蹈……
耸起的
筋骨

> 凸出的
> 
> 皮肉。
> 
> 挑负着
> 
> ——种族的
> 
> 疯狂
> 
> 种族的
> 
> 咆哮，……
>
> （田间：《人民底舞》）

这里便不只鼓的声律，还有鼓的情绪。这是鞌之战中晋解张用他那流着鲜血的手，抢过主帅手中的槌来擂出的鼓声，是祢衡那喷着怒火的"渔阳掺挝"，甚至是，如诗人Robert Lindsey[①]在《刚果》中，剧作家Eugene O'Neil[②]在《琼斯皇帝》中所描写的，那非洲土人的原始鼓，疯狂，野蛮，爆炸着生命的热与力。

这些都不算成功的诗（据一位懂诗的朋友说，作者还有较成功的诗，可惜我没见到）。但它所成就的那点，却是诗的先决条件——那便是生活欲，积极的，绝对的生活欲。它摆脱了一切诗艺的传统手法，不排解，也不粉饰，不抚慰，也不麻

---

① Robert Lindsey——疑系Nicholas Lindsay之误。美国诗人，其著作有《刚果》（*The Gongo*）。

② Eugene O'Neil——美国戏剧家。

醉，它不是那捧着你在幻想中上升的迷魂音乐。它只是一片沉着的鼓声，鼓舞你爱，鼓动你恨，鼓励你活着，用最高限度的热与力活着，在这大地上。

当这民族历史行程的大拐弯中，我们得一鼓作气来渡过危机，完成大业。这是一个需要鼓手的时代，让我们期待着更多的"时代的鼓手"出现。至于琴师，乃是第二步的需要，而且目前我们有的是绝妙的琴师。

1943年11月

# 艾青和田间

（这是闻一多先生在去年[1]昆明的诗人节纪念会上的讲演，在这讲演之前，两位联大的同学朗诵了艾青的《向太阳》和田间的《自由向我们来了》《给战斗者》，听众都很激动，接下来，闻先生说：）

一切的价值都在比较上，看出来。
（他念了一首赵令仪的诗，说：）
这诗里是什么山查[2]花啦，胍膊啦，这一套讽刺战斗，粉刷战斗的东西，这首描写战争的诗，是歪曲战争，是反战，是把战争的情绪变转，缩小。这也正是常任侠先生所说的鸳鸯蝴蝶派。（笑）

几乎每个在座的人都是鸳鸯蝴蝶派。（笑）我当年选新诗，选上了这一首，我也是鸳鸯蝴蝶派。（大笑）

艾青当然比这好。也表现人民及战争，用我们知识分子最

---

[1] 去年，指1945年。
[2] 山查——"山查"及下面的"胍膊"两词，赵令仪原诗中均无；可能是"山茶"和"胸脯"两词的记录时的笔误。特附注存疑。

心爱的，崇拜的东西与装饰，去理想化。如《向太阳》这首诗里面，他用浪漫的幻想，给现实镀上金，但对赤裸裸的现实，他还爱得不够。我们以为好的东西里面，往往也有坏的东西。

如在太阳底下死，是Sentimental[①]的，是感伤的，我们以为是诗的东西都是那个味儿。（笑）

我们的毛病在于眼泪啦，死啦。用心是好的，要把现实装扮出来，引诱我们认识它，爱它，却也因此把自己的狐狸尾巴露出来了。

这一些，田间就少了，因此我们也就不大能欣赏。

胡风评田间是第一个抛弃了知识分子灵魂的战争诗人，民众诗人。他没有那一套泪和死。但我们，这一套还留得很多，比艾青更多。我们能欣赏艾青，不能欣赏田间，因为我们跑不了那么快。今天需要艾青是为了教育我们进到田间，明天的诗人。但田间的知识分子气，胡风说抛弃了，我看也没有完全抛弃。如《自由向我们来了》，为什么我们不向自由去呢？艾青说"太阳滚向我们"，为什么我们不滚向太阳呢？（笑，鼓掌）

艾青的《北方》写乞丐，田间的一首诗写新型的女人，因为田间已是新世界中的一个诗人。我们不能怪我们不欣赏田间：因为我们生在旧社会中。我们只看到乞丐，新型的女人我

---

① Sentimental——感伤的。

们没有看到过。

有人谩骂田间,只是他们无知。

关于艾青田间的话很多,时间短,讲到这儿为止。

# 文学的历史动向

人类在进化的途程中蹒跚了多少万年，忽然这对近世文明影响最大最深的四个古老民族——中国、印度、以色列、希腊——都在差不多同时猛抬头，迈开了大步。约当纪元前一千年左右，在这四个国度里，人们都歌唱起来，并将他们的歌记录在文字里，给流传到后代。在中国，"三百篇"里最古部分——《周颂》和《大雅》，印度的《黎俱吠陀》（*Rigveda*），《旧约》里最早的"希伯来诗篇"，希腊的《伊利亚特》（*Iliad*）和《奥德赛》（*Odyssey*）都约略同时产生。再过几百年，在四处思想都醒觉了，跟着是比较可靠的历史记载的出现。从此，四个文化，在悠久的年代里，起先是沿着各自的路线，分途发展，不相闻问，然后，慢慢的随着文化势力的扩张，一个个的胳臂碰上了胳臂，于是吃惊，点头，招手，交谈，日子久了，也就交换了观念思想与习惯。最后，四个文化慢慢的都起着变化，互相吸收，融合，以至总有那么一天，四个的个别性渐渐消失，于是文化只有一个世界的文化。这是人类历史发展的必然路线，谁都不能改变，也不必改变。

上文说过，四个文化猛进的开端都表现在文学上，四个国度里同时迸出歌声。但那歌的性质并非一致的。印度希腊，是在歌中讲着故事，他们那歌是比较近乎小说戏剧性质的，而且篇幅都很长，而中国以色列则都唱着以人生与宗教为主题的较短的抒情诗。中国与以色列许是偶同，印度与希腊都是雅利安种人，说着同一系统的语言，他们唱着性质比较类似的歌，倒也不足怪。

中国，和其余那三个民族一样，在他开宗第一声歌里，便预告了他以后数千年间文学发展的路线。"三百篇"的时代，确乎是一个伟大的时代，我们的文化大体上是从这一刚开端的时代就定型了。文化定型了，文学也定型了，从此以后二千年间，诗——抒情诗，始终是我国文学的正统的类型，甚至除散文外，它是唯一的类型。赋，词，曲，是诗的支流，一部分散文，如赠序、碑志等，是诗的副产品，而小说和戏剧又往往以各自不同的方式夹杂些诗。诗，不但支配了整个文学领域，还影响了造型艺术，它同化了绘画，又装饰了建筑（如楹联，春帖等）和许多工艺美术品。

诗似乎也没有在第二个国度里，像它在这里发挥过的那样大的社会功能。在我们这里，一出世，它就是宗教，是政治，是教育，是社交，它是全面的生活。维系封建精神的是礼乐，阐发礼乐意义的是诗，所以诗支持了那整个封建时代的文化。此后，在不变的主流中，文化随着时代的进行，在细节上曾多少发生过一些不同的花样。诗，它一面对主流尽着传统的呵护的职责，一方面仍给那些新花样忠心的服务。最显著的例是唐朝。那是一个诗最发达的时期，也是诗与生活拉拢得最紧的一个时期。

从西周到春秋中叶，从建安到盛唐，这中国文学史上两个最光荣的时期，都是诗的时期。两个时期各各拖着一条姿势稍异，但同样灿烂的尾巴，前者的是"楚辞""汉赋"，后者的是五代宋词。而这辞赋与词还是诗的支流。然则从西周到宋，我们这大半部文学史，实质上只是一部诗史。但是诗的发展到北宋实际也就完了。南宋的词已经是强弩之末。就诗本身说，连尤杨范陆和稍后的元遗山似乎都是多余的，重复的，以后的更不必提了。我们只觉得明清两代关于诗的那许多运动和争论，都是无味的挣扎。每一度挣扎的失败，无非重新证实一遍那挣扎的徒劳无益而已。本来从西周唱到北宋，足足二千年的功夫也够长的了，可能的调子都已唱完了。到此，中国文学史可能不必再写，假如不是两种外来的文艺形式——小说与戏剧，早在旁边静候着，准备届时上前来"接力"。是的，中国文学史的路线南宋起便转向了，从此以后是小说戏剧的时代。

故事与雏形的歌舞剧，以前在中国本土不是没有，但从未发展成为文学的部门。对于讲故事，听故事，我们似乎一向就不大热心。不是教诲的寓言，就是纪实的历史，我们从未养成单纯的为故事而讲故事，听故事的兴趣。我们至少可说，是那充满故事兴味的佛典之翻译与宣讲，唤醒了本土的故事兴趣的萌芽,使它与那较进步的外来形式相结合,而产生了我们的小说与戏剧。故事本是民间的产物,不用讳言,它的本质是低级的。(便在小说戏剧里,过多的故事成分不也当悬为戒条吗?)正如从故事发展出来的小说戏剧,其本质是平民的,诗的本质是贵族的。要晓得它们之间距离很大,而距离是会孕育恨的。所以我们的文学传统既是诗,就不但是非小说戏剧的,而且推到极端,可能还是反小说戏剧的。若非宗教势力带进来那点新鲜刺激,而且自己的歌实在也唱到无可再唱的了,我们可能还继续产生些《韩非·说储》,或《燕子丹》一类的故事,和《九歌》一类的雏形歌舞剧,但是,元剧和章回小说决不会有。然而本土形式的花开到极盛,必归于衰谢,那是一切生命的规律,而两个文化波轮由扩大而接触而交织,以致新的异国形式必然要闯进来,也是早经历史命运注定了的。异国形式也许早就来到了,早到起码是汉朝佛教初输入的时候,你可以在几百年中不注意它,等到注意了之后,还可以延宕,踌躇个又一度几百年,直到最后,万不得已的,这才死心塌地,接受了吧!但那只是迟早问题。反正自己的花无法再开,那命数你得承认。新的种子从外面来到,给你一个再生的机会,那是你的福分。你有勇气接受它,是你的聪明,肯细心培植它,是有出息,结果居然开出很不寒伧的花朵来,更足以使你自豪!

第一度外来影响刚刚扎根,现在又来了第二度的。第一度佛教带来的印度影响是小说戏剧,第二度基督教带来的欧洲影响又是小说戏剧（小说戏剧是欧洲文学的主干，至少是特色），你说这是碰巧吗？

不然。欧洲文化正如它的鼻祖希腊文化一样，和印度文化，往大处看，还不是一家？这样说来，在这两度异乡文化东渐的阵容中，印度不过是欧洲的头，欧洲是印度的尾而已。就文化接触的全盘局势来看，头已进来，尾的迟早必需来到，应该也是早已料到的事。第一度外来影响，已经由扎根而开花了，但还不算开到最茂盛的地步，而本土的旧形式，自从枯萎后，还不见再荣的迹象，也实在没有再荣的理由。现在第二度外来影响，又与第一度同一种类，毫无问题，未来的中国文学还要继续那些伟大的元明清人的方向，在小说戏剧的园地上发展。待写的一页文学史，必然又是一段小说戏剧史，而且较向前的一段，更为热闹，更为充实。

但在这新时代的文学动向中，最值得揣摩的，是新诗的前途。你说，旧诗的生命诚然早已结束，但新诗——这几乎是完全重新再做起的新诗，也没有生命吗？对了，除非它真能放弃传统意识，完全洗心革面，重新做起。但那差不多等于说，要把诗做得不像诗了。也对。说得更确点，不像诗，而像小说戏剧，至少让它多像点小说戏剧，少像点诗。太多"诗"的诗，和所谓"纯诗"者，将来恐怕只能以一种类似解嘲与抱歉的姿态，为极少数人存在着。在一个小说戏剧的时代，诗得尽量采取小说戏剧的态度，利用小说戏剧的技巧，才能获得广大的读众。这样做法并不是不可能的。在历史上多少人已经做过，只是不大彻底罢了。新诗所用的语言更是向小说戏剧跨近了一大步，这是新诗之所以为"新"的第一个也是最主要的理由。其它在态度上，在技巧上的种种进一步的试验，也正在进行着。请放心，历史上常常有人把诗写得不像诗，如阮籍，陈子昂，孟郊，如华茨渥斯（Wordsworth），惠特曼（Whitman），而转瞬间便是最真实的诗了。诗这东西的长处就在它有无限度的弹性，变得出无穷的花样，装得进无限的内容。只有固执与狭隘才是诗的致命伤，纵没有时代的威胁，它也难立足。

每一时代有一时代的主潮，小的波澜总得跟着主潮的方向推进，跟不上的只好留在港汊里干死完事。战国秦汉时代的主潮是散文。一部分诗服从了时代的意志，散文化了，便成就了"楚辞"和初期的汉赋，成就了"铙歌"，这些都是那时代的光荣。另一部分诗，如《郊祀歌》《安世房中歌》，韦孟"讽谏诗"之类，跟不上潮流，便成了港汊中的泥淖。

明代的主潮是小说，《先妣事略》，《寒花葬志》和《项脊轩记》的作者归有光，采取了小说的以寻常人物的日常生活为描写对象的态度，和刻画景物的技巧，总算是粘上了点时代潮流的边儿（他自己以为是读《史记》读来了的，那是自欺欺人的话。），所以是散文家中欧公以来唯一顶天立地的人物。其他同时代的散文家，依照各人小说化的程度的比例，也多多少少有些成就，至于那般诗人们只忙于复古，没有理会时代，无疑那将被未来的时代忘掉。以上两个历史的教训，是值得我们的新诗人书绅的。

四个文化同时出发，三个文化都转了手，有的转给近亲，有的转给外人，主人自己却都没落了，那许是因为他们都只勇于"予"而怯于"受"。中国是勇于"予"而不太怯于"受"的，所以还是自己的文化的主人，然而也只仅免于没落的劫运而已。为文化的主人自己打算，"取"不比"予"还重要吗？所以仅仅不怯于"受"是不够的，要真正勇于"受"。让我们的文学更彻底的向小说戏剧发展，等于说要我们死心塌地走人家的路。这是一个"受"的勇气的测验，也是我们能否继续自己文化的主人的测验。

过去记录里有未来的风色。历史已给我们指示了方向——"受"的方向，如今要的只是勇气，更多的勇气啊！

1943年12月

# 新文艺和文学遗产

地点——联大文艺晚会（在新校舍图书馆前草地上）

时间——三十三年五月八日晚

"今天晚上在场发言的，建设新文艺的人物有八位教授（记者按：八教授为冯至，朱自清，孙毓棠，沈从文，卞之琳，闻家驷，李广田，杨振声。），而我和罗先生（常培）是干破坏的，破坏旧的东西，……月亮出来了（闻先生指着初从云中钻出的满月说），乌云还等在旁边，随时就会给月亮盖住。我们要特别注意……要记住我们这个五四文艺晚会是这样被人阴谋破坏的；但是我们不用害怕，破坏了，我们还要来！五四的任务没有完成，我们还要干！我们还要科学，要民主，要打倒孔家店和封建势力！……文学遗产在五四以前是叫做国粹，五四时代叫做死文学，现在是借了文学遗产的幌子来复古，来反对新文艺，现在我就是要来审判它：中国在君主政治底下，'君'是治人的，但不是'君'自己去治，而实际治人的是手下的许多人，治人就是吃人！……中国的政治由封建而帝制，再由帝制而民治……中国的封建社会里面有四种家臣：

第一种是绝对效忠主子的是儒家，第二种次之，是法家，第三种更次之，是墨家，而庄子是第四种，是拒小惠而要彻底的拆台的，但是因为有前三种人的支持，所以没有效果，后来，由反抗现实而逃到象牙塔中。辛亥以后，治人吃人的观念并没有打倒。管家人吃人，借了君子的名字。在五四，第四种人出塔了，他们要自己管理自己，管家的无立足余地了，但是他们仍旧可以存在的，不过不再是替君子管而是替人民管了。可惜第四种人在塔外住不惯，又回到塔里面去了！那么前三种人又活跃了！但他们觉得新主子不如旧主子好，所以才有'献九鼎'啊！新主子一出来首先要打击五四运动，要打击提倡民治精神的祸因。后来他们发现民主是从外国来的，于是义和团精神又出现了，跟外国人绝交。现在谈第四种人，他们拼命搬旧塔的砖瓦来造新塔，就如有人在提倡晚明小品，表面上是新文艺，其实是旧的。新文学同时是新文化运动，新思想运动，新政治运动，新文学之所以新就是因为它是与思想，政治不分的，假使脱节了就不是新的。文学的新旧不是什么文言白话之分，因为古文所代表的君主旧意识要不得，所以要提倡新的。第四种人中的道家则劣处较少。新文学是要和政治打通的。至于文学遗产，就是国粹，就是桐城妖孽，就是骸骨，就是山林文学。中国文学当然是中国生的，但不必嚷嚷遗产遗产的，那就是走回头路，回去了！现在感到破坏的工作不能停止，讲到破坏，第一当然仍旧要打倒孔家店，第二要摧毁山林文学。从五四到现在,因为小说是最合乎民主的,所以小说的成绩最好,而成绩最坏的还是诗。这是因为旧文学中最好的是诗,而现在做诗的人渐渐地有意无意地复古了。现在卞先生(之琳)已经不做诗了,这是他的高见,做新诗的人往往被旧诗蒙蔽了渐渐走向象牙塔。"

# 五四历史座谈

地点——联大新舍南区十号教室

时间——三十三年五月三日晚

刚才周炳琳先生报告了五四时候北大的情形，五四运动的中心是在北大，而清华是在城外，五三那天的会不能够去参加（记者按：周炳琳先生方才说到五三晚上北大学生集会于北大第三院大礼堂，决定次日的游行示威）。至于后来的街头演讲，清华倒干得很起劲，一千多人被关起来，其中有许多是清华的。我那时候呢？也是因为喜欢弄弄文墨，而在清华学生会里当文书。我想起那时候的一件呆事，也是表示我文人的积习竟有这样深：五四的消息传到了清华，五五早起，清华的食堂门口出现了一张岳飞的《满江红》，就是我在夜里偷偷地去贴的。所以我今天看了许多同学的壁报，觉得我那时候贴的东西真太不如今天你们的壁报了。我一直在学校里管文件，没有到城里参加演讲，除了有一次是特殊的之外。那年暑假到上海开学生总会，周先生（炳琳）代表北大，我代表清华到上海听过中山先生的演讲，我的记忆极坏，此外没有什么事实可以报告，只知道当时的情绪，就像我贴的《满江红》吧！

方才张先生说五四是思想革命是正中下怀（记者按：张奚若先生说到："辛亥革命是形式上的革命，五四则是思想革命。"），但是你们现在好像是在审判我，因为我是在被革的系——中文系里面的。但是我要和你们里应外合！张先生说现在精神解放已走入歧途，我认为还是太客气的说法，实在是整个都走回去了！是开倒车了！现在有些人学会了新名词，拿他来解释旧的，说外国人有的东西我国老早就都有啦！我为什么教中国文学系呢？五四时代我受到的思想影响是爱国的，民主的，觉得我们中国人应该如何团结起来救国。五四以后不久，我出洋，还是关心国事，提倡Nationalism，不过那是感情上的，我并不懂得政治，也不懂得三民主义，孙中山先生翻译Nationalism为民族主义，我以为这是反动的。回国以后在好几次的集会中曾经和周先生站在相反的立场。其实现在看起来，那是相同的，周先生：你说是不是？我在外国所学的本来不是文学，但因为这种Nationalism的思想而注意中文，忽略了功课，为的是使中国好，并且我父亲是一个秀才，从小我就受《诗》云子曰的影响。但是愈读中国书就愈觉得他是要不得的，我的读中国书是要戳破他的疮疤，揭穿他的黑暗，而不是去捧他。我是幼稚的，但要不是幼稚的话，当时也不会有五四运动了。青年人是幼稚的，重感情的，但是青年人的幼稚病，有时并不是可耻的，尤其是在一个启蒙的时期，幼稚是感情的先导，感情一冲动，才能发出力量。所以有人怕他们矫枉过正，我却觉得更要矫枉过正，因为矫枉过正才显得有力量。当时要打倒孔家店，现在更要打倒，不过当时大家讲不出理由来，今天你们可以来请教我，我念过了几十年的经书，愈念愈知道孔子的要不得，因为那是封建社会底下的，封建社会是病态的社会，儒学就是用来维持封建社会的假秩序的。他们要把整个社会弄得死板不动，所以封建社会的东西全是要不得的。我相信，凭我的读书经验和心得，他是实在要不得的。中文系的任务就是要知道他的要不得，才不至于开倒车。但是非中文系的人往往会受父辈《诗》云子曰的影响，也许在开倒车……负起五四的责任是不容易的，因为人家不许我们负呀！这不是口头说说的，你在行为上的小地方是会处处反映出孔家店的。

# 五四运动的历史法则

大家都知道,近百年来,中国社会是处于一种半封建性半殖民地性的状态中。封建的主人地主官僚与殖民国的主人帝国主义,这两个势力之能够同时并存于我们这里,已经说明了它们之间的一种奇异的关系,一种相反而又相成,相克而又相生的矛盾关系。在剥削人民的共同目的上,它们利害相同,所以能够互相结合,互相维护,同时分赃不匀又使它们利害冲突而不能不互相龃龉。然而它们却不能决裂。因为,他们知道,假如帝国主义独占了中国,任凭它的武器如何锋利,民族的仇恨会梗塞着它的喉头,使它不能下咽,假如封建势力垄断了中国,那又只有加深它自己的崩溃,以致在人民革命势力之前,加速它自己的灭亡。总之,被压迫被榨取的,究竟是"人",而人是有反抗性的,反抗而团结起来,便是力量,不是民族的力量,便是民主的力量,这些对于帝国主义或封建势力,都是很讨厌的东西。于是他们想好分工合作,让地主官僚出面而执行榨取的任务,以缓和民族仇恨。(这是帝国主义借刀杀人!)让帝国主义一手把着枪炮,一手提着钱袋,站在背后保镖,以软化民主势力。(这是地主官僚狗仗人势!)它们是聪明的，因为，虽然它们的欲壑都有着垄断性与排他性，它们都愿意极力克制这些，彼此互相包容，互相照顾，互相妥协，而相安于一种近乎均势的状态中。果然，愈是这样，它们的寿命愈长，那就是说，惟其是半封建，半殖民地，中国人民的解放才愈难实现。

可是，帝国主义和封建势力的寿命偏是不能长，而中国人民毕竟非解放不可！基于资本主义国家间内在的矛盾，帝国主义对中国的威力大大的受了制约，矛盾尖锐化到某种程度，使它们自相火并起来，帝国主义就得暂时退出中国。帝国主义退出了中国，人民的对手便由两个变成一个，这便好办了，只要让人民和封建势力以一比一的力量来决斗，最后胜利定属于人民。我说最后胜利，因为一上来，封建势力凭了它那优势的据点和优势的武器，确乎来势汹汹，几乎有全盘胜利的把握。但它究竟是过了时的乏货，内部的腐化将逼得它最后必需将据点放弃，武器交出，而归于失败。五四运动及其前前后后，便是这个历史事实的具体说明。

1914年以前，活动于中国政治经济战场上的，是一种三角斗争，包括（一）各个字号的帝国主义，（二）以袁世凯为中心的封建残余势力，以及（三）代表人民力量的市民层民主革命的两股潜伏势力：（甲）国民党政治集团，（乙）北京大学文化集团。那时三个力量中，帝国主义势焰最大，封建势力仅次于帝国主义，政治上代表人民愿望的国民党几乎是在苟延残喘的状态中保持着一线生机，至于作为后来文化革命据点的北京大学，在政治意义上，更是无足轻重。但等1914年欧洲帝国主义国家内在的矛盾，尖锐化到不能不爆发为第一次世界大战，中国的情形便大变了。欧洲列强，不论是协约国或同盟国，为着忙于上前线进攻，或在后方防守，忽然都退出了，中国社会的本质，便立时由半封建半殖民地，变为约当于百分之九十的封建，百分之十的殖民地（这百分之十的主人，不用说，就是日本），于是袁世凯和他的集团忽然交了红运，可是袁世凯的红运实在短得可怜，而他的余孽北洋军阀的红运也不太长。真正走红运的倒是人民，你不记得仅仅距袁氏称帝后四年，督军解散国会和张勋复辟后二年，向封建势力突击的文化大进军，五四运动便出现了吗？从此中国土地上便不断的涌着波澜日益壮阔的民主怒潮，终于使国民革命军北伐成功，北洋军阀彻底崩溃。这时人民力量不但铲除了军阀，还给刚从欧洲抽身回来的帝国主义吃了不少眼前亏。请注意：帝国主义突然退出，封建势力马上抬头，跟着人民的力量就将它一把抓住，经过一番苦斗，终于将它打倒——这历史公式，特别在今天，是值得我们深深玩味的！

谁说历史不会重演？虽然在细节上，今天的"五四"不同于26年前的"五四"，可是在主要成分上，两个时代几乎完全是一样的。第二次世界大战爆发，欧洲帝国主义退出，于是中国半殖民地的色彩取消了，半封建便一变而为全封建。（请在复古空气和某种隆重礼物的进献中注意筹安会的鬼，还有这群鬼群后的袁世凯的鬼!)现在封建势力正在嚣张的时候,可是,人民也没有闲着,代表人民愿望,发挥人民精神,唤醒人民力量的政治,文化种种集团也都不缺少,满天乌云,高耸的树梢上已在沙沙发响,近了,更近了,暴风雨已经来到,一场苦斗是不能避免的。至于最后的胜利,放心吧——有历史给你做保证。

历史重演,而又不完全重演。从26年前的"五四",到今天不同于26年前的"五四",恰是螺旋式的进展了一周。一切都进了步了。今天帝国主义的退出,除了实际活动力量与机构的撤退,还有不平等条约的取消,中国人卖身契的撕毁。这回帝国主义的退出是正式的,至少在法律上,名义上是绝对的,中国第一次,坐上了"列强"的交椅。帝国主义进一步的撤退,是促使或放纵封建势力进一步的伸张的因素,所以随着帝国主义的进步,封建势力也进步了。战争本应使一个国家更加坚强,中国却愈战愈腐化,这是什么缘故?原来腐化便是封建势力的同义语,不是战争,而是封建余毒腐化了中国。今天政治经济,社会,文化的腐化方面,比26年前更变本加厉,是公认的事实。时髦的招牌和近代化的技术,并不能掩饰这些事实。反之,都是加深腐化的有力工具,和保育毒菌的理想温度。然而封建势力的进步,必然带来人民力量的进步,这可分四方面讲。(一)西南大后方市民阶层的民主运动。这无论在认识上,组织上或进行方法上,比起五四时代都进步多了,详情此地不能讨论。(二)敌后的民主中国,这个民主的大本营，论成绩和实力，远非五四时代以来所能比拟，是人人都知道的。（三）封建势力内部的醒觉分子。这部分民主势力，现在还在潜伏期中，一旦爆发，它的作用必然很大。这是五四时代几乎完全没有过的一种势力，今天在昆明，它尤其被一般人所忽略。以上三种力量都是自觉的，另有一种不自觉的，但也许比前三者更强大的力量，那便是（四）大后方水深火热中的农民。虽然他们不懂什么是民主，但是谁逼得他们活不下去，他们是懂得的。五四时代，因帝国主义退出，中国民族工业得以暂时繁荣，一般说来，人民的生活是走上坡路的。今天的情形，不用说，和那时正相反。这情形是政治腐化的结果，而政治腐化的责任，正如上文所说，是不能推在抗战身上的。半个民主的中国不也在抗战吗？而且抗战得更多，人民却不饿饭（还不要忘记那本是中国最贫瘠的区域之一）。原来抗战在我们这大后方是被人利用了，当作少数人吸血的工具利用了。黑幕已经开始揭露，血债早晚是要还清的，到那时，你自会认识这股力量是如何的强大。

　　帝国主义的进步，封建势力的进步，结果都只为人民的进步造了机会，为人民的胜利造了机会。不管道路如何曲折，最后胜利永远是属于人民的，26年前如此，今天也如此。在"五四"的镜子里，我们看出了历史的法则。

1945年4月27日

# 五四断想

旧的悠悠死去，新的悠悠生出，不慌不忙，一个跟一个，——这是演化。

新的已经来到，旧的还不肯去，新的急了，把旧的挤掉，——这是革命。

挤是发展受到阻碍时必然的现象，而新的必然是发展的，能发展的必然是新的，所以青年永远是革命的，革命永远是青年的。

新的日日壮健着（量的增长），旧的日日衰老着（量的减耗），壮健的挤着衰老的，没有挤不掉的。所以革命永远是成功的。

革命成功了，新的变成旧的，又一批新的上来了。旧的停下来拦住去路，说："我是赶过路程来的，我的血汗不能白流，我该歇下来舒服舒服。"新的说："你的舒服就是我的痛苦，你耽误了我的路程。"又把他挤掉，……如此，武戏接二连三的演下去，于是革命似乎永远"尚未成功"。

让曾经新过来的旧的，不要只珍惜自己的过去，多多体念别人的将来，自己腰酸腿疼，拖不动了，就赶紧让。"功成身退",不正是光荣吗?"后生可畏,焉知来者之不如今也!"这也是古训啊!

其实青年并非永远是革命的,"青年永远是革命的"这定理,只在"老年永远是不肯让路的"这前提下才能成立。

革命也不能永远"尚未成功"。几时旧的知趣了,到时就功成身退,不致阻碍了新的发展,革命便成功了。

旧的悠悠退去,新的悠悠上来,一个跟一个,不慌不忙,那天历史走上了演化的常轨,就不再需要变态的革命了。

但目前,我们用"挤"来争取"悠悠",用革命来争取演化。"悠悠"是目的,"挤"是达到目的的手段。

于是又想到变与乱的问题。变是悠悠的演化,乱是挤来挤去的革命。若要不乱挤,就只得悠悠的变。若是该变而不变,那只有挤得你变了。

子在川上,曰:"逝者如斯乎,不舍昼夜!"古训也发挥了变的原理。

1945年5月

# 人民的世纪

## ——今天只有"人民至上"才是正确的口号

廿六年的光阴似乎白费了。今年我们这样热烈的迎接"五四",证明我们还需要它,不,我们今天需要的,是一个比当年更坚强,更结实的"五四",因为,很简单,今天的局面更严重了。

在说明这一点前,有一个观念得先弄弄明白,那便是多年来人们听惯了那个响亮的口号"国家至上",国家究竟是什么?今天不又有人说是"人民的世纪"吗?假如国家不能替人民谋一点利益,便失去了它的意义。老实说,国家有时候是特权阶级用以巩固并扩大他们的特权的机构。假如根本没有人民,就用不着土地,也就用不着主权。只有土地和主权都属于人民时,才讲得上国家,今天只有"人民至上",才是正确的口号。

知道国家并不等于人民,知道国家与人民的对立,才好进而比较今天和26年前的中国。

26年前的中国,国家蒙受绝大的耻辱,人民的地位却暂时提高了。第一次世界大战中袁世凯和日本帝国主义签订的二十一条件,是国家主权的重大损失,中国一心想趁巴黎和会的机缘把它收回,而终归失败,这对国家是直接的损失,对人民,老实说,并没有多大影响,而因了欧洲发生战事,帝国资本主义暂时退出,中国民族工业却侥幸的得着一个繁荣机会,这对于人民的经济生活,倒是有一点实惠。今天情形和26年前,恰好是个反比例,国家在四强之一的交椅上,总算出了从来没有出过的风头,人民则过着比战前水准更低的生活。英美不但将治外法权自动取消,而且看样子美国还要非替中国收复失地不可,八年抗战,中国国家的收获不能算少,然而于人民何所有?老百姓的负担加重了,农民的生活尤其惨,国家所损失的已经取偿于人民,万一一块块的土地和人民赖以生存的物资连同人民一块儿丢给敌人,于国家似乎也无关痛痒,今天我才明白,所谓中国愈战愈强,大概强的是国家而不包括人民。

　　26年前,我们的国家还不大明白主权之所属,所以还不惜拿一大堆关系自己命脉的主权去为一个人换一顶过时的,褪色而戴起来并不舒服的皇冕,结果那人皇冕没有戴上,国家的主权已经失了,若不是人民起来一把拦住,还差点在卖身契上亲自打下手印,当然人民之所以这样做,当然以为主权还有着自己很大的分儿,所以实际上,那回是人民帮了国家一个大忙。虽则国家和人民都不知道。

　　经过26年的学习与锻炼,国家聪明了,它知道主权之可贵,所以对既失的主权,想尽方法向帝国主义索回,一方面对于未失去的主权，尽量从人民手里集中到自己手里来，有时它还会使点权衡（编者注：疑为术字），牺牲点尚未集中的主权给邻居，这是因为除非是集中了主权不能算是它自己的主权，它当然也知道向人民不断的保证：凡是主权都是人民的，叫人民献出一切，缩紧腰带，拚了老命，捍卫了国家，自己却一无所得，连原有难足维持的生活的那点，都要丢光，这样，目前的国家和人民便对立起来了。

然而26年的光阴对人民也不能说是完全白费。至少，人民学了不少的乖，"上一回当，学一回乖"，人民永远是上当的，所以人民永远是进步的。

进一步的认识便是进一步的力量，所以今天我们期待着的"五四"是一个比26年前更坚强更结实的"五四"，我们要争取民主的国家，因为这是一个人民的世纪呀！

# 战后文艺的道路

"道路"不一定是具体计划，只是一种看法；战后不是善后，善后是暂时的，战后是相当长时期的将来。根据已然推测必然，是科学的客观预见，历史是有其客观的必然性的，所以要讲到战后文艺的道路，必须根据文学史及社会发展作一番讨论。

关于文学史，应根据新的世界观来分析：我们承认最根本决定社会之发展的是阶级，有统治阶级，有被统治阶级。中国过去的文学史抹煞了人民的立场，只讲统治阶级的文学，不讲被统治阶级的文学。今天以人民的立场来讲文学，对统治阶级的文学也不抹煞。

观察中国的社会，有下面几个阶段：

一、奴隶社会阶段；

二、自由人阶段；

三、主人阶段。

奴隶社会的组织是奴隶和奴隶主，自由人是解放了的奴隶，战国和西汉的奴隶气质在文学上很明显，魏晋以后嵇康阮籍解放了，但由建安到今天都无大变。

建安前是奴隶文艺，建安后是自由人的文艺。奴隶的反面不是自由人，奴隶的反面是主人。西方民主国家还要争自由，何况中国！奴隶是有主人的奴隶，自由人是脱离主人的奴隶。今后的主人，则是没有奴隶的主人；有奴隶的主人是法西斯。

现在再来看每个阶段的特质。

（一）奴隶阶段：

今天所谓奴隶与历史上的奴隶不同，真性奴隶是无身体自由的，使其身体亏损如劓，刖，墨，剕，宫等是奴隶的象征，再一种是手铐脚镣的束缚，这可呼为真性的奴隶。和这相反的要身体有自由发育，自由活动的才是主人。在真性奴隶社会中作业是分工的，主人也做事，大致为政，为君，战争，行刑是主人干的，他做事是自由的。奴隶的事，一是物质生产的技术，如农工等类；一是非物质的生产，如艺术，卜卦，算命，音乐。统治者担任的是治术，奴隶担任的是技术和艺术。技术供主人消费，艺术供主人消遣。历史上有名的音乐家师旷是瞎子，可以作为证明。

古代艺术家是奴隶干的，如王维在《唐书》上就没有他的传，因为他是奴隶；干艺术是下流的，像今天看戏子和娼妓是一个样。荆轲的好友高渐离会击筑，为秦始皇挖去二目，再来听他的音乐。如果身体不亏损，你就只能作汉武帝时候的李延年，汉武帝当他作女人看。

真性奴隶社会在战国前是没有了，在春秋时即已逐渐瓦解。但奴隶社会的遗留太多，太明显，《史记·滑稽列传》淳于髡为齐国赘婿，髡是受剃了发的髡刑的，名字都已证明他是奴隶了。其他屈原，宋玉，东方朔，枚皋，司马迁都是奴隶，司马迁受宫刑是奴隶的标帜，这些人比真性社会的奴隶身体稍自由。

古代艺术家身体上受创伤，心理上也受创伤，常云"文穷而后工"；厨川白村的《苦闷的象征》谓"不自由即奴隶的别名"。文艺是身体或心理受创伤后产生的花朵，是用血泪来培养的。金鱼很好看，是人看他好看，金鱼的本身并不觉得好看；盆景也是如此。在阶级社会里的文艺都是悲惨的，一般有天才的奴隶为要主人赏识，主人免其劳动而养活他，他就歌功颂德，宣扬统治者的思想，为主人所豢养，他帮助主人压迫其同类。技术奴隶如传说的板筑。因此我们可以说：一、技术是不自由的劳动；二、文艺是不自由的不劳动；三、治术是自由的不劳动；四、帮闲文人寄生者是不自由的不劳动。

当艺术家作为消闲的工具时是消极的罪恶，但当艺术家去替统治者去作统治的工具时，就成了积极的罪恶。

除了人民自己的文艺之外，一切的文艺都是奴隶作的。今日的文艺传统不是如《诗经》那样由人民的传统来，而是由奴隶来，所以往往作了奴隶的子孙而不自察。

（二）自由人阶段：

自封建时代奴隶的解放，就有了自由人，自由人的实际地

位是自己选择自己的道路,愿不愿作奴隶?儒家愿作奴隶,道家不愿作奴隶。所以:

一、楚狂避世,怕惹祸。

二、杨朱不合作,为我,先顾自己,不管他人是非。你是你,我是我,我不惹你,你莫管我,但承认人家的势力。

三、程明道程伊川一个对妓女坐,一个背妓女坐,人家批评他俩一个是目中有妓,心中无妓,一个是目中无妓,心中有妓。这种是忘了你我,逃避在观念社会里,我不见妓女,就没有妓女。

四、庄周梦为蝴蝶,但庄周并不能为蝴蝶。前三种是逃避他人,庄周却逃避自己。

五、东方朔避世朝廷;小隐山林,大隐朝廷,只要我心里没有官,作了官也等于不作官。

六、唐卢藏用等以终南山为作官的捷径。

七、先作官而后归隐。

八、可怜主人而去帮忙。

以下道家儒家不能分。这些人象征思想的解放,春秋后此种思想即已产生,东汉魏晋以至今日,都是这一传统没有变。到了近一百年,除了作自己人的奴隶外,还要作外国人的奴隶。

自由人是被解放了的奴隶,但我们今天还一直跟着这后尘。

上面列举的前四种人的态度是诚恳的，自己求解放，后面几种人都是自己骗自己，由魏晋到盛唐，勉强可以，以后就不行了。唐以后的诗不足观，是人根本要不得。前面的解放只是主观的解放，自己在麻醉自己。自己麻醉不外饮酒，看花，看月，听鸟说甚，对人的社会装聋，表现在艺术作品中的麻醉性，这就更高。魏晋艺术的发展是将艺术作麻醉的工具，阮籍怕脑袋掉是超然，陶潜也是逃避自己而结庐在人境，是积极的为自己。阮是消极的为人，阮对着的是压迫他的敌人，是有反抗性的；陶没有反抗性，他对面没有敌人，故阮比陶高。阮是无言的反抗，陶是无言而不反抗，能在那里听鸟说甚，他便可以要干什么便干什么。

西洋艺术为宗教，解放后的自由人则为艺术而艺术，到贵族打倒后，没有反抗性而变为消极的东西。

总结以上有怠工的奴隶，有开小差的奴隶，有以罢工抬高价钱的奴隶。各种奴隶都有，但没有想作主人的。这些人虽间不容发，但是都没有想到当主人。倒是农民想要当主人反而当成了，如刘邦朱元璋是，张献忠李自成洪秀全等是没有当成功的。士大夫只想做官，只想到最高的理想最大胆的手腕是作一人之下万人之上的宰相。这种人不需要革命，无革命的观念和欲望，故士大夫从来不需要革命。农民从来不得到主人给他的面包渣，骨头，故他可以反抗，可以成功。

往后要作主人，要作无奴隶的主人。

（三）主人阶段：

自由人不是主人，但像主人，似是而非。士大夫作自由人就够了，无需为主人，等自由人的自由被剥夺了，成了有形的奴隶，他就可以回头来帮助别人革命。最不能安身的是奴隶农民，因为他无处藏身，他就要起来积极地革命。

法西斯要将人都变成奴隶，每个人都有当奴隶的危机，大家要反抗，抗了法西斯，不仅要作自由人，而是要真正作主人。

所以我对于战后文艺的道路有三种看法：

一、恢复战前；

二、实现战前未达到的理想；

三、提高我们的欲望。

前两种都较消极，第三种却是积极的提高，因为打了仗后，人民理想的身价应与今日的通货膨胀一样的增高。今日有人要内战，我们当然要更高的代价，这是历史发展的必然性。战后的文艺的道路是要作主人的文艺。有了战争就产生了我们新的觉悟，我们认清自己身分的本质，我们由作奴隶的身分而往上爬，只看见上面的目的地而只顾往上爬，不知往下看。虽然看见目的地快到，但这是我们的幻觉，这是有随时被人打下来的危险。我们不能单往上看，而是要切实的往下看，要将在上面的推翻了，大家才能在地上站得稳。由这个观点上看：如果我们只是追求我们更多的个人的自由，让我们藏的更深，那就离人民愈远。今天我们不这样逃，更要防止别人逃，谁不肯回头来，就消灭他！

我们大学的学院式的看法太近视，我们在当过更好一点的奴隶以后，对过去已经看得太多，从来不去想别的，过去我们骑在人家颈上，不懂希望及展望将来的前途，书愈读的多，就像耗子一样只是躲，不敢想，没有灵魂，为这个社会所限制住，为知识所误，从来不想到将来。

将来这条道路，不但自己要走，还要将别人拉回来走，这是历史发展的法则。如果还有要逃的，消灭他，服从历史。

# 在鲁迅逝世九周年纪念会的演讲

有些人死去,尽管闹得十分排场,过了没有几天,就悄悄地随着时间一道消逝了,很快被人遗忘了。有的人死去,尽管生前受到很不公平的待遇,但时间越过的久,形象却越加光辉,他的声名却越来越伟大。我想,我们大家都会同意,鲁迅是经受得住时间考验的一位光辉伟大的人物。因为他对中华民族的文化事业留下了宝贵的遗产。他是中国历史上最伟大的文学家。

鲁迅生前所处的环境异常危险,他是一个被"通缉"的"罪犯"!但是他无所畏惧,本着有一分热,发一分光的精神,他勇敢,坚决地做他自己认为应做的事,在文化战线上打着大旗冲锋陷阵,难怪有的人为什么那么恨他!

鲁迅在日本留学,住在十里洋场的上海,他和洋人,和大官打过不少交道。但他对帝国主义、对买办大亨、对当权人物,没有丝毫的奴颜媚骨,宁可流亡受苦,也不妥协。鲁迅之所以伟大,之所以能写出那么多伟大的作品,和他这种高尚的人格是分不开的,学习鲁迅,我想先得学习他这种高尚的人格。

有人不喜欢鲁迅，也不让别人喜欢，因为嫌他说话讨厌。所以不准提到鲁迅的名字。也有人不喜欢鲁迅，倒愿意常常提到鲁迅的名字，是为了骂骂鲁迅。因为，据说当时一旦鲁迅回骂就可以出名。现在，也可以对某些人表明自己的"忠诚"。前者可谓之反动，后者只好叫做无耻了。其实，反动和无耻本来就是分不开的。

　　除了这样两种人，也还有一种自命清高的人，就像我自己这样的一批人。从前我们住在北平，我们有一些自称"京派"的学者先生，看不起鲁迅，说他是"海派"。就是没有跟着骂的人，反正也是不把"海派"放在眼上的。现在我向鲁迅忏悔：鲁迅对，我们错了！当鲁迅受苦受害的时候，我们都正在享福，当时我们如果都有鲁迅那样的骨头，哪怕只有一点，中国也不至于这样了。

　　骂过鲁迅或者看不起鲁迅的人，应该好好想想，我们自命清高，实际上是做了帮闲帮凶！如今，把国家弄到这步田地，实在感到痛心！现在，不是又有人在说什么闻××在搞政治了，在和搞政治的人来往啦，以为这样就能把人吓住，不敢搞了，不敢来往了。可是时代不同了，我们有了鲁迅这样的好榜样，还怕什么？纪念鲁迅，我想应该正是这样。

# 论文艺的民主问题

前天有两个外国朋友先后来看我，谈到中国民主问题。一位是美国朋友，他站在美国人的立场，希望中国有第三个力量起来，担负建立新中国的责任，我说第三个力量是有的，目前还在生长发展中。另一位是澳洲朋友，站在澳洲人的地位，比较倾向于英国方面，一方面骂美国人，一方面却更多地同情中国。他问中国究竟需要怎样的民主，他的意见，应该是社会主义的民主，他说英国目前正一天天地接近苏联，打算向着那个方向走去。他曾和邱吉尔谈话，邱氏也承认了这一点。邱氏的矛盾是印度问题；不过一般的英国人，认为邱氏适合于做战时的领袖，战后建设大概不大合适，他们希望以后对印度问题能有更开明的办法。这位澳洲记者问起我：中国的民主运动是否太温和了？战斗性是否还不够强烈？我说我是站在青年人一边的，和老辈人的看法不同；我个人看来，目前的民主运动的确战斗性不够，也许有些老辈人认为操之过切，反而不好。

这位澳洲记者也写小说的，和我一样，过去也曾学过画，因此他很关心中国文艺界的情形。他听说最近世界上最好的短篇小说是中国的；我问他从哪里听来的，我说我们倒有些受宠若惊了。

外国朋友的确很想了解中国。譬如今天来看我的另一位美国朋友对我说，我来到中国，为的要看看活着的中国人民，他说现在在美国替中国说话的有三个人，一个是落了伍的胡适之；一个是国际文艺投机家林语堂；一个是感伤的女人赛珍珠。他们的文章，都不能表现中国的真实。他说他每回读到林语堂的文章，描写中国农民在田里耕作时如何地愉快，以及中国的刺绣，磁器如何地高贵……他就很生气地把这位林博士的著作撕毁了掷到墙角里去。我听到这里，感激地向他伸出手来，我说：你是我所遇到的少有的美国人！

座谈会上的报告和各位先生的发言，我大体上是同意的。谈到文艺家和民主运动的问题，有人说一个文艺家应该同时是一个中国人，这是对的；就现在的情形看来，恐怕做一个中国人比做一个文艺家更重要。因为现在是抢救的工作，不能太慢了。我甚至还怀疑，就是现在的作家，在写作以外，实际生活的政治程度是不是够高，恐怕还是问题。政治工作较文艺写作更难，正像在前线冲锋肉搏较之在后方的工厂中做苦工更难一样。更进一步地说，如无冲锋经验而描写前面冲锋故事，因体验的不真切，写出的也一定没有力量。——这是一个生活与写作的老问题。

没有民主运动的实践，一定创造不出民主主义的作品。假使在英美的社会，作家自己如果不做民主的战士，由于社会周围充满了民主的空气，作家也许可以用观察来弥补。在中国缺少这种空气，自己不做便体验不着，观察不到。写作的问题便是一个做人的问题，人的火候到了，写出的东西自然是对的。——这样的说法，同时也解答了第二个问题——文艺作品如何反映民主主义内容的问题。

诚如大家所指出的，目前还有许多有知识有成就的文艺家，本身还站在民主运动之外，他们的生活与写作甚至有了反民主的倾向。对于这些人，大家主张，除了加强劝导之外，还要加强理论上的批评。这点我是赞同的。我还主张，应该无情地打击。目前在进步的朋友中间，委曲求全的思想还是很盛行。我以为社会上没有那么容易的事，在大变革的时期，一定需要大牺牲，不能顾忌太多。政治上的委曲求全，我是瞭解的。但我还是要坚持，在文艺工作上，委曲还是应该有限度。我想，我们理想的本身，就是一首诗，今天应该坚持这种精神，不要要求成功太切。中国人自来是善于委曲求全的，用不着我们再来宣传这种思想。

关于如何创造民主主义新文艺的问题，我想先提出形式问题来谈谈。前些时何其芳先生有信来，说起张恨水的小说在重庆很盛行，他认为这个形式（章回小说的形式）很可利用，并问到我的意见。我所想到的，是最接近我们的这个圈子，智识分子的圈子。——对大众自然应该给予教育，好在他们是一张白纸，没有成见，新形式也许一样可以接受。至于智识分子和学生，问题最多，挑剔相当厉害。所以艺术技巧方面，是要极力提高。旧形式恐怕打不到他们的面前，恐怕还是要用西洋最高的东西，才能打动他们。我看那些容易和民众接近的地方，问题倒比较简单，比较顺利，我们住在大后方，不可忽略了后方的另一面。这里才是苦海，周围的人难对付，艰巨的工作在这里。

旧形式是一种旧习惯，如果认为非利用旧形式不可，便无异承认习惯是不可改变的。我的性格喜欢走极端，我对一切旧的东西都反对，希望最好一点也不要留。我所以赞成田间的诗，原因也在这里，因为他把旧腔调摆脱得最干净。这种极端的感情，也许是近二十年来钻进旧圈子以后的彻底的反感，说不定过分了一点，但暂时我还愿意坚持我的意见。

第三辑

# 遗　产

科学来了，神话该退位了。……再不得要让"死的拉住活的"了！

# 家族主义与民族主义

周初是我们历史的成年期,我们的文化也就在那时定型了。当时的社会组织是封建的,而封建的基础是家族,因此我们三千年来的文化,便以家族主义为中心,一切制度,祖先崇拜的信仰,和以孝为核心的道德观念等等,都是从这里产生的。与家族主义立于相反地位的一种文化势力,便是民族主义。这是我们历史上比较晚起的东西。在家族主义的支配势力之下,它的发展起初很迟钝,而且是断断续续的,直至最近五十年,因国际形势的刺激,才有显著的持续的进步。然而时代变得太快,目前这点民族意识的醒觉,显然是不够的。我们现在将三千年来家族主义与民族主义两个势力发展的情形,作一粗略的检讨,这对于今后发展民族主义许是应有的认识。

上文已经说过,建立封建制度的基础是家族制度。但封建制度的崩溃,也正由于它这基础。一个最强固的家族,是在它发展得不大不小的时候。太小固然不足以成为一个力量,太大则内部散漫,本身力量互相抵销,因此也不能成为一个坚强统一的有机体。封建的重心始终在中层的大夫阶级,理由便在此。重心在大夫,所以侯国与王朝必趋于削弱,以至制度本身完全解体。一方面封建制度下所谓国,既只是一群家的组合体,其重心在家而不在国,一方面国与国间的地理环境,既无十分难以打通的天然墙壁,而人文方面,尤其是文字的统一,处处都是妨碍任何一国发展其个别性的条件,因此在列国之间,类似民族主义的观念便无从产生。春秋时诚然喊过一度"尊王攘夷"的口号,但是那"夷"毕竟太容易"攘"了(有的还不待攘而自被同化),所以也没有逼出我们的民族主义来。我们一直在为一种以家族主义为基础的天下主义努力,那便是所谓"天下一家"的理想。到了秦汉,这理想果然实现了。就以家族主义为基础的精神看来,郡县只是抽掉了侯国的封建——一种阶层更简单,组织更统一,基础更稳固的封建制度,换言之,就是一种更彻底,更合理的家族主义的社会组织。汉人看清了这一点,索性就以治家之道治天下,而提倡孝,尊重儒术。这办法一直维持了二千余年,没有变过,可见它对于维持内部秩序相当有效。可惜的是一个国家的问题不仅从内部发生,因而家族主义的作用也就有时而穷了。

自汉朝以孝行为选举人才的标准,渐渐造成汉末魏晋以来的门阀之风,于是家族主义更为发达。突然来临的五胡乱华的局面,不但没有刺激我们的民族主义,反而加深了我们的家族主义。因为当时的人是用家族主义来消极的抵抗外患。所以门阀之风到了六朝反而更盛,如果当时侵入的异族讲了民族主义,一意要胡化中国,我们的家族主义未尝不可变质为民族主义。无奈那些胡人只是学华语，改汉姓，一味向慕汉化，人家既不讲民族主义，我们的民族主义自然也讲不起来。一方面我们自己想藉家族主义以抵抗异族，一方面异族也用釜底抽薪的手段，附和我们的家族主义，以图应付我们，于是家族主义便愈加发达，而民族意识便也愈加消沉。再加上当时内侵的异族本身，在种族方面万分复杂，更使民族主义无法讲起。结果到了天宝之乱，几乎整个朝廷的文武百官，都为了保全身家性命，投降附逆了。一位"麻鞋见天子，衣袖露两肘"的诗人便算作了不得的忠臣，那时代的忠的观念之缺乏，真叫人齿冷！这大概是历史上民族意识最消沉的一个时期了。

然而唐初已开始破坏门阀，而轻明经，重进士的选举制度，也在暗中打击拥护家族主义的儒家思想，这些措施虽未能立刻发生影响而消灭门阀观念，但至少中唐以下，十分不尽人情的孝行是不多见了（韩愈《辩讳》便是孝的观念在改变中之一例）。这是历史上一个重要的转捩点。因为老实说，忠与孝根本是冲突的，若非唐朝先把孝的观念修正了，临到宋朝，无论遇到多大的外患，还是不会表现那么多忠的情绪的。孝让一步，忠才能进一步，忠孝不能两全，家族主义与民族主义不能并立，不管你愿意与否，这是铁的事实。

历史进行了三分之二的年代，到了宋朝，民族主义这才开始发芽，迟是太迟，但仍然是值得庆幸的。此后的发展，虽不是直线的，大体说来，还是在进步着。从宋以下，直到清末科举被废,历代皆以经义取士,这证明了以孝为中心思想的家族主义,依然在维持着它的历史的重要性。但蒙古满清以及最近异族的侵略,却不断的给予了我们民族主义发展的机会,而且每一次民族革命的爆发,都比前一次更为猛烈,意识也更为鲜明。由明太祖而太平天国,而辛亥革命,以至目前的抗战,我们确乎踏上了民族主义的路。但这条路似乎是扇形的,开端时路面很窄,因此和家族主义的路两不相妨,现在路面愈来愈宽,有侵占家族主义的路面之势,以至将来必有那么一天,逼得家族主义非大大让步不可。家庭是永远不能废的,但家族主义不能存在。家族主义不存在,则孝的观念也要大大改变,因此儒家思想的价值也要大大的减低了。家族主义本身的好坏,我们不谈。它妨碍民族主义的发展是事实,而我们现在除了民族主义没有第二条路可走(因为这是到大同主义必经之路),所以我们非请它退让不可。

有人或许以为讲民族主义,必须讲民族文化,讲民族文化必须以儒家为皈依。因而便不得不替家族主义辩护,这似乎是没有认清历史的发展。而且中国的好东西至少不仅仅是儒家思想,而儒家思想的好处也不在其维护家族主义的孝的精神。前人提过"移孝作忠"的话,其实真是孝,就无法移作忠,既已移作忠,就不能再是孝了。倒是"忠孝不能两全"真正一语破的了。

# 复古的空气

近来在思想和文学艺术诸方面，复古的空气颇为活跃，这是值得注意的一个现象。就一般民众讲，文化是有惰性的，而农业社会尤其如此。几千年积下来的习惯和观念，几乎成了第二天性，骤然改动，是不舒服的，其实就这群浑浑噩噩的大众说，他们始终是在"古"中没有动过，他们未曾维新，还谈得到什么复古！我们所谓复古空气，自然是专指知识和领导阶级说的。不过农民既几乎占我们人口百分之八十，少数的知识和领导阶级，不会不受他们的影响，所以谈到少数人的复古空气，首先不能不指出那作为他们的背景的大众。至于少数人之间所以发生这种空气，其原因与动机，可以分作四个类型来讲。

（一）一般的说来，复古倾向是一种心理上的自卫机能。自从与外人接触，在物质生活方面，发现事事不如人，这种发现所给予民族精神生活的担负，实在太重了。少数先天脆弱的心灵确乎给它压瘪了，压死了。多数人在这时，自卫机能便发生了作用。本来文学艺术以及哲学就有逃避现实的趋势，而中国的文学艺术与哲学尤其如此。

中国人现实方面的痛苦，这时正好利用它们来补偿。一想到至少在这些方面我们不弱于人，于是便有了安慰。说坏了，这是"鱼处于陆，相濡以湿，相嘘以沫"的自慰的办法。说好了，人就全靠这点不肯绝望的刚强性，才能够活下去，活着奋斗下去。这是紧急关头的一帖定心剂。虽不彻底，却又有些暂时的效用。代表这种心理的人，虽不太强，也不太弱，唯其自知是弱，所以要设法"自卫"，但也没有弱到连"自卫"的意志都没有，所以还算相当的强，平情而论，这一类型的复古倾向，是未可厚非的。

（二）另一类型是带有报复意味的自尊心理，凡是与外人直接接触较多，自然也就是饱尝屈辱经验的人，一方面因近代知识较丰富，而能虚心承认自己落后，另一方面，因为往往是社会各部门的领袖，所以有他们应有的骄傲和自尊心，然责任又教他们不能不忍重负辱，那种矛盾心理的压迫是够他们受的。压迫愈大，反抗也愈大。一旦机会来了，久经屈辱的自尊心是知道图报复的；于是紧跟着以抗战换来的民族荣誉和国家地位，便是甚嚣尘上的复古空气。前一类型的心理说我们也有不弱于人的地方，这一类型的简直说我们比他们高。这些人本来是强者，自大是强者的本色，民族荣誉和国家地位也实在来得太突然，教人不能不迷惑。依强者们看来，一种自然的解释，是本来我们就不是不如人，荣誉和地位我们是应得。诚然——但是那种趾高气扬的神情总嫌有些不够大方罢！

（三）第三个类型的复古，与其说是自尊，无宁说是自卑，不少的外国朋友捧起中国来，直使我们茫然。要晓得西洋的人本性是浪漫好奇的，甚至是怪僻的，不料真有人盲从别人来捧自己，因而也大干起复古的勾当来。实在是这种复古以媚外的心理，也并不少见。

（四）如果第三种人是完全没有自己，第四种人便是完全为自己打算的。有的是以复古来掩饰自己不懂近代知识，多半的老先生们属于这一类，虽则其中少年老成的分子也不在少数。有的正相反，又以复古来掩饰自己不大懂线装书的内容，暴发户的"二毛子"属于这一类，虽则只读洋装书的堂堂学者们也有时未能免俗。至于有人专门搬弄些"假古董"在国际市场上吸收外汇，因而为对外推销的广告作用，不得不响应国内的复古运动，那就不好批评了。

复古的心理是分析不完的，大致说来，最显著的不外上述的四类型。其中有比较可取的，有居心完全不可问的。纯粹属于某一类型的大概很少，通常是几种糅合错综起来的一个复杂体。说复古空气是最近新兴的现象，也不合事实。趋势早已在酝酿，不过最近似乎更表面化了一点。为什么最近才表面化？当然与抗战有关。历史在转向，转向时的心理是不会有平静。转得愈急，波动愈大，所以在这抗战期间，一面近代化的呼声最高，一面复古的空气也最浓厚。

就一般的人说，心理的波动，不足怪，但少数的知识和领导分子，却应该早已认清历史，拿定主意，游移虽不致改变历史，但是会延缓历史的进展，须知我们的时间和精力却不容浪费。

我们的民族和文化所以能存在到今天，自然有其生存的道理在，这道理并不像你所想的，在能保存古的，而是正相反，在能吸收新的。历史告诉我们，中国文化并不是一个单纯的，一成不变的文化（如果是那样的，它就早完了。），最初东西夷夏两民族，分明代表着两个不同的文化。

如果你站在东方，以夷（殷人及东夷）为本位，那便是夷吸收了夏，如果站在西方，以夏（夏周）为本位，那便是夏吸收了夷。但是这两个文化早已融合到一种程度，使得我们分辨不出谁是主，谁是客来。在血缘上，楚与北方夷夏两族的关系，究竟如何，现在还不知道。无论如何，在文化上，直至战国，他们还是被视为外国人的。逐渐的这一支文化也被吸收了，到了汉朝，南北又成了一家，分不出主客来。究竟谁是我们的"古"？严格的讲，殷的后裔孔子若要复古，文武周公就得除外，屈原若要复古，就得否认"三百篇"。从西周到战国，无疑是我们文化史中最光荣的一段，但从没有听说那时的人站在民族的立场上讲复古的。即便依你的说法，先秦北方的夷夏和南方的楚，在民族上还是一家，文化也不过是大同小异，不能和今天的情形相比。那么，打汉末开始的一整部佛教史又怎样呢？宋明人要讲复古，会有他们那"儒表佛里"的理学吗？会有他们那《西厢》《水浒》吗？还有一部清代的朴学史，也不能不承认是耶稣教士带来的西洋科学精神的赐予。以上都是极显而易见的历史事实，文化史上每放一次光，都是受了外来的刺激，而不是因为死抓着自己固有的东西。

不但中国如此，世界上多少文化都曾经因接触而交流，而放出异彩。凡是限于天然环境，不能与旁人接触，而自己太傻太笨，不能，因此就不愿学习旁人的民族，没有不归于灭亡的。天然环境的限制，只要有决心，有勇气，还可以用人力来打开（例如我们的法显，玄奘，义净诸人的故事），怕的是自己一味固执，不肯虚怀受善。其实那里是不肯，恐怕还是不能，不会罢！如果是这种情形，那就惨了。我深信我们今天的情形，不属于这一类，然而我仍然有点不放心。佛教思想与老庄本就有些相近，让我们接受佛教思想，比较容易。今天来的西洋思想确乎离我们太远，是不是有人因望而生畏，索性就提倡复古以资抵抗呢？幸而今天喜欢嚷嚷孔学，和哼哼歪诗的人，究竟不算太多，而青年人尤其少。

我得强调的声明，民族主义我们是要的，而且深信是我们复兴的根本。但民族主义不该是文化的闭关主义。我甚至相信正因我们要民族主义，才不应该复古。老实说，民族主义是西洋的产物，我们的所谓"古"里，并没有这东西。谈谈孔学，做做歪诗，结果只有把今天这点民族主义的萌芽整个毁掉完事。其实一个民族的"古"是在他们的血液里，像中国这样一个有悠久历史的民族，要取消它的"古"的成分，并不太容易。难的倒是怎样学习新的，因为在上文我们已经提过，文化是有惰性的，而愈老的文化，惰性也愈大。克服惰性是一件难事啊！

有人说，你太傻了，你忘了"儒表佛里"的理学家的道统是从文武周公算起的，而不从释迦牟尼算起，接受西洋科学精神的朴学，仍旧称为汉学，而不称西学。内容无妨接受人家，外表还得是自己的。这是面子问题，而面子也不能不顾。今天的复古，也可以作如是观。我但愿自己太傻，然而我又担心拥护复古的人们和我一样的傻。傻到真正言行一致。

# 从宗教论中西风格

要说明中西风俗不同，可以从种种不同的方面着眼，从宗教着眼，无疑是一个比较扼要的看法。所谓宗教，有广义的，有狭义的，狭义的讲来，中国人没有宗教，因此我们若能知道这狭义宗教的本质是什么，便也知道了中西风格不同之点在哪里。至于宗教造成了西洋人的性格，还是西洋人的性格产生了他们的宗教，那是一个鸡生蛋还是蛋生鸡的辩论，我们不去管它。目下我们要认清的一点，是宗教与西洋人的性格是不可分离的。

要确定宗教的本质是什么，最好是溯源到原始思想。生的意志大概是人类一切思想的根苗。人类生活愈接近原始时代，求生意志的强烈，与求生能力的薄弱，愈有形成反比例之势。但是能力愈薄弱，不但不能减少意志的强烈性，反而增加了它。在这能力与意志不能配合的难关中，人类乃以主观的"生的意识"来补偿客观的"生的事实"之不足，换言之，因一心欲生，而生偏偏是不完整，不绝对的，于是人类便以"死的否认"来保证"生的真实"。这是人类思想史的第一页，也实在是一个了不得的发明。我们今天都认为死是一个千真万确的事实，原始人并不这样想。对于他们，死不过是生命途程中的另一阶段，这只看他们对祭祀态度的认真，便可知道。我们也可以说，他们根本没有死的观念，他们求生之心如此迫切，以至忽略了死的事实，而不自觉的做到了庄子所谓"以死生为一体"的至高境界。我说不自觉的，因为那不是庄子那般通过理智的道路然后达到的境界，理智他们绝对没有，他们只是一团盲目的求生的热欲，在热欲的昏眩中，他们的意识便全为生的观念所占据，而不容许那与生相反的死的观念存在，诚然，由我们看来，这是自欺。但是，要晓得对原始人类，生存是那样艰难，那样没有保障，如果没有这点生的信念，人类如何活得下去呢？所以我们说这人类思想史的第一页，是一个不承认死的事实，那不死简直是肉体的不死，这还是可以由他们对祭祀的态度证明的，但是知识渐开，他们终于不得不承认死是一个事实。承认了死，是否便降低了生的信念呢？那却不然。他们承认的是肉体的死，至于灵魂他们依然坚持是不会死的，以承认肉体的死为代价，换来了灵魂不死的信念，在实利眼光的人看来，是让步，是更无聊的自欺，在原始人类看来，却是胜利，因为他们认为灵魂的存在比肉体的存在还有价值，因此，用肉体的死换来了灵魂的不死，是占了便宜。总之他们是不肯认输，反正一口咬定了不死，讲来讲去，还是不死，甚至客观的愈逼他们承认死是事实，主观的愈加强了他们对不死的信念。他们到底为什么要这样的倔强，这样执迷不悟？理智能力薄弱吗？但要记得这是理智能力进了一步，承认了肉体的死是事实以后的现象。看来理智的压力愈大，精神的信念跳得愈高。理智的发达并不妨碍生的意志，反而鼓励了它，使它创造出一个求生的灵魂。这是人类思想史的第二页，一个更荒唐，也更神妙的说明。

人类由自身的灵魂而推想到大自然的灵魂，本是思想发展过程中极自然的一步。想到这个大自然的灵魂实在说是人类自己的灵魂的一种投射作用，再想到投射出去的自己，比原来的自己几乎是无限倍数的伟大并又想到在强化生的信念与促进生的努力中，人类如何利用这投射出去的自己来帮助自己——想到这些复杂而迂回的步骤，更令人惊讶人类的"其愚不可及"，也就是他的其智不可及。如今人毕竟承认了自己无能，因为他的理智又较前更发达了一些，他认清了更多的客观事实，但是他就此认输了吗？没有。人是无能，他却创造了万能的神。万能既出自无能，那么无能依然是万能。如今人是低头了，但只向自己低头，于是他愈低头，自己的地位也愈高。你反正不能屈服他，因为他有着一个铁的生命意志，而铁是愈锤炼愈坚韧的。这人类思想史的第三页，讲理论，是愈加牵强，愈加支离，讲实用，却不能不承认是不可思议的神奇。

如果是以贿赂式的祭祀为手段，来诱致神的福佑或杜绝神的灾祸，或有时还不惜用某种恫吓式的手段，来要挟神做些什么或不做些什么——对神的态度，如果是这样，那便把神的能力看得太小了。人小看了神的能力其实也就是小看自己的能力，严格的讲，可以恫吓与贿赂的手段来控制的对象，只能称之为妖灵或精物，而不是神，因之，这种信仰也只能算作迷信，而不是宗教。宗教崇拜的对象必须是一个至高无上的，神圣的，万能而慈爱的神，你向他只有无条件的皈依和虔诚的祈祷。你的神愈是全德与万能，愈见得你自己全德与万能，因为你的神就是你所投射出去的自身的影子。既然神就是像自己，所以他不妨是一个人格神，而且必然是一个人格神。神的形象愈像你自己，愈足以证明是你的创造。正如神的权力愈大，愈足以反映你自己权力之大。总之你的神不能太不像你自己，不像你自己，便与你自己无关，他又不能太像你自己，太像你自己便暴露了你的精神力量究竟有限。是一个不太像你，又不太不像你的全德与万能的人格神，不多不少，恰恰是这样一个信仰，才能算作宗教。

按照上述的宗教思想发展的程序和它的性质，我们很容易辨明中西人谁有宗教，谁没有宗教。第一，关于不死的问题，中国人最初分明只有肉体不死的观念，所以一方面那样着重祭祀与厚葬，一方面还有长生不老和白日飞升的神仙观念。真正灵魂不死的观念，我们本没有，我们的灵魂观念是外来的，所以多少总有点模糊。第二，我们的神，在下层阶级里，不是些妖灵精物，便是人鬼的变相，因此都太像我们自己了，在上层阶级里，他又只是一个观念神而非人格神，因此太嫌不像我们自己了。既没有真正的灵魂观念，又没有一个全德与万能的人格神，所以说我们没有宗教，而我们的风格和西洋人根本不同之处恐怕也便在这里。我们说死就是死，他们说死还是生，我们说人就是人，我们对现实屈服了，认输了，他们不屈服，不认输，所以他们有宗教而我们没有。

我们在上文屡次提到生的意志，这是极重要的一点，也许就是问题的核心。往往有人说弱者才需要宗教，其实是强者才能创造宗教来扶助弱者，替他们提高生的情绪，加强生的意志。就个人看，似乎弱者更需要宗教，但就社会看，强者领着较弱的同类，有组织的向着一个完整而绝对的生命追求，不正表现那社会的健康吗？宗教本身尽有数不完的缺憾与流弊，产生宗教的动机无疑是健康的。有人说西洋人的爱国思想和恋爱哲学，甚至他们的科学精神，都是他们宗教的产物，他们把国家，爱人和科学的真理都"神化"了，这话并不过分。至少我们可以说，产生他们那宗教的动力，也就是产生那爱国思想，恋爱哲学和科学精神的动力。不是对付的，将就的马马虎虎的，在饥饿与死亡的边缘上弥留着的活着，而是完整的，绝对的活着，热烈的活着——不是彼此都让步点的委曲求全，所谓"中庸之道"式的，实在是一种虚伪的活，而是一种不折不扣的，不是你死我活，便是我死你活的彻底的，认真的活——是一种失败在今生，成功在来世的永不认输，永不屈服的精神。这便是西洋人的性格。这性格在他们的宗教中表现得最明显，因此也在清教徒的美国人身上表现得最明显。

人生如果仅是吃饭睡觉，寒暄应酬，或囤积居奇，营私舞弊，那许用不着宗教，但人生也有些严重关头，小的严重关头叫你感着不舒服，大的简直要你的命，这些时候来到，你往往感着没有能力应付它，其实还是有能力应付，因为人人都有一副不可思议的潜能。问题只在用一套什么手法把它动员起来。一挺胸，一咬牙，一转念头，潜能起来了，你便能排山倒海，使一切不可能的变为可能了。那不是技术，而是一种魔术。那便是宗教。中国人的办法，似乎是防范严重关头，使它不要发生，藉以省却自己应付的麻烦。这在事实上是否可能，姑且不管，即使可能，在西洋人看来，多么泄气，多么没出息！他们甚至没有严重关头，还要设法制造它，为的是好从那应付的挣扎中得到乐趣。没事自己放火给自己扑灭，为的是救火的紧张太有趣了，如果救火不熄，自己反被烧死，那殉道者的光荣更是人生无上的满足——你说荒谬绝伦，简直是疯子！对了，你就是不会发疯，你生活里就缺少那点疯，所以你平庸，懦弱。人家在天上飞时，你在粪坑里爬！

中西风格的比较？你拿什么跟人家比？你配？尽管有你那一套美丽名词，还是掩不住那渺小，平庸，怯懦，虚伪，掩不住你的小算盘，你的偷偷摸摸，自私自利，和一切的丑态。你的孝悌忠信，礼义廉耻，和你古圣先贤的什么哲学只令人作呕，我都看透了！你没有灵魂，没有上帝的国度，你是没有国家观念的一盘散沙，一群不知什么是爱的天阉（因此也不知什么是恨），你没有同情，也没有真理观念。然而你有一点鬼聪明，你的蕃殖力很大，因为聪明所以会鼠窃狗偷——营私舞弊，囤积居奇。因为蕃殖力大，所以让你的同类成千成万的裹在清一色的破棉袄里，排成番号，吸完了他们的血，让他们饿死，病死……这是你的风格，你的仁义道德！你拿什么和人家比！

没有宗教的形式不要紧。只要有产生宗教的那股永不屈服，永远向上追求的精神，换言之，就是那铁的生命意志，有了这个，任凭你向宗教以外任何方向发展都好，怕的是你这点意志，早被瘪死了，因此除了你那庸俗主义的儒家哲学以外，不但宗教没有，旁的东西也没有。更可怕的是宗教到你手里，也变成了庸俗，虚伪，和鼠窃狗偷的工具。怕的是你的生命的前提是败北主义，和你那典型的口号"没有办法"！于是你只好嘲笑，说俏皮话。是啊，你有聪明，有蕃殖力，所以你可以存在，"耗子苍蝇不也存在吗"？但你没有生活，因为我看透了你，你打头就承认了死是事实，那证明了你是怕死的。惟其怕死，所以你也怕生，你这没出息的"四万万五千万"！

# 龙 凤

前些时接到一个新兴刊物负责人一封征稿的信,最使我发生兴味的是那刊物的新颖命名——《龙凤》,虽则照那篇"缘起"看,聪明的主编者自己似乎并未了解这两个字中丰富而深邃的含义。无疑的他是被这两个字的奇异的光艳所吸引,他迷惑于那蛇皮的夺目的色彩,却没理会蛇齿中埋伏着的毒素,他全然不知道在玩弄色彩时,自己是在与毒素同谋。

就最早的意义说,龙与凤代表着我们古代民族中最基本的两个单元——夏民族与殷民族,因为在"鲧死,……化为黄龙,是用出禹"和"天命玄鸟(即凤),降而生商"两个神话中,我们依稀看出,龙是原始夏人的图腾,凤是原始殷人的图腾(我说原始夏人和原始殷人,因为历史上夏殷两个朝代,已经离开图腾文化时期很远,而所谓图腾者,乃是远在夏代和殷代以前的夏人和殷人的一种制度兼信仰)。因之把龙凤当作我们民族发祥和文化肇端的象征,可说是再恰当没有了。若有人愿意专就这点着眼,而想借"龙凤"二字来提高民族意识和情绪,那倒无可厚非。可惜这层历史社会学的意义在一般中国人心目中并不存在,而"龙凤"给一般人所引起的联想则分明是另一种东西。

图腾式的民族社会早已变成了国家，而封建王国又早已变成了大一统的帝国，这时一个图腾生物已经不是全体族员的共同祖先，而只是最高统治者一姓的祖先，所以我们记忆中的龙凤，只是帝王与后妃的符瑞，和他们及她们宫室舆服的装饰"母题"，一言以蔽之，它们只是"帝德"与"天威"的标记。有了一姓，便对待的产生了百姓，一姓的尊荣，便天然的决定了百姓的苦难。你记得复辟与龙旗的不可分离性，你便会原谅我看见"龙凤"二字而不禁怵目惊心的苦衷了。我是不同意于"天王圣明，臣罪当诛"的。

"缘起"中也提到过"龙凤"二字在文化思想方面的象征意义，他指出了文献中以龙比老子的故事，却忘了一副天生巧对的下联，那便是以凤比孔子的故事。可巧故事都见于《庄子》一书里。《天运》篇说孔子见过老聃后，发呆了三天说不出话，弟子们问他给老聃讲了些什么，他说："吾乃今于是乎见龙——龙合而成体，散而成章，乘云气而养翔乎阴阳，予口张而不能嗋，舌举而不把讯，予又何规老聃哉！"这是常用的典故（也就是许多姓李的楹联中所谓"犹龙世泽"的来历）。至于以凤比孔子的典故，也近在眼前，不知为什么从未成为词章家"獭祭"的资料，孔子到了楚国，著名的疯子接舆所唱的那充满讽刺性的歌儿——

凤兮凤兮！何如（汝）德之衰也？来世不可待，往世不可追也！……

不但见于《庄子》（《人间世》篇），还见于《论语》（《微子》篇）。是以前读死书的人不大认识字，不知道"如"是"汝"的假借，因而没弄清话中的意思吗？可是《汉石经》《论语》"如"作"而"，"而"字本也训"汝"，那么歌辞的喻意，至少汉人是懂得。另一个也许更有趣的以凤比孔子的出典，见于唐宋"类书"所引的一段《庄子》佚文：

老子见孔子从弟子五人，问曰："前为谁？"对曰："子路，勇且力。其次子贡为智，曾子为孝，颜回为仁，子张为武。"老子叹曰："吾闻南方有鸟，其名为凤……凤鸟之文，戴圣婴仁，右智右贤……"

这里以凤比孔子，似乎更明显。尤其有趣的是，那次孔子称老子为龙，这次是老子回敬孔子，比他作凤，龙凤是天生的一对，孔老也是天生的一对，而话又出自彼此的口中，典则同见于《庄子》。你说这天生巧对是庄子巧思的创造，意匠的游戏——又是他老先生的"谬悠之说，荒唐之言，无端崖之辞"吗？也不尽然。前面说过原始殷人是以凤为图腾的，而孔子是殷人之后，我们尤其熟习。老子是楚人，向来无异词，楚是祝融六姓中芈姓季连之后,而祝融,据近人的说法,就是那"人面龙身而无足"的烛龙,然则原始楚人也当是一个龙图腾的族团。以老子为龙,孔子为凤,可能是庄子的寓言,但寓言的产生也该有着一种素地,民俗学的素地(这可以《庄子》书中许多其它的寓言为证),其实凤是殷人的象征,孔子是殷人的后裔。呼孔子为凤,无异称他为殷人;龙是夏人的,也是楚人的象征,说老子是龙,等于说他是楚人,或夏人的本家。中国最古的民族单元不外夏殷,最典型中国式而最有支配势力的思想家莫如孔老,刊物命名《龙凤》,不仅象征了民族,也象征了最能代表民族气质的思想家,这从某种观点看,不能不说是中国有刊物以来最漂亮的名字了!

然而,还是庄子的道理,"腐臭复化为神奇,神奇复化为腐臭",——从另一种观点看,最漂亮的说不定也就是最丑恶的。我们在上文说过,图腾式的民族社会早已变成了国家,而封建的王国又早已变成了大一统的帝国,在我们今天的记忆中,龙凤只是"帝德"与"天威"的标记而已。现在从这角度来打量孔老,恕我只能看见一位"申申如也,夭夭如也"而谄上骄下的司寇,和一位以"大巧若拙"的手段"助纣为虐"的柱下吏(五千言本也是"君子南面之术")。有时两个身影叠成一个,便又幻出忽而"内老外儒",忽而"外老内儒",种种的奇形怪状。要晓得这条"见首不见尾"的阴谋家——龙,这只"戴圣婴仁"的伪君子——凤,或二者的混合体,和那象征着"帝德""天威"的龙凤,是不可须臾离的,有了主子,就用得着奴才,有了奴才,也必然会捧出一个主子;帝王与士大夫是相依为命的。主子的淫威和奴才的恶毒——暴发户与破落户双重势力的结合,压得人民半死不活。三千年惨痛的记忆,教我们面对这意味深长的"龙凤"二字,怎能不怵目惊心呢!

事实上,生物界只有穷凶极恶而诡计多端的蛇,和受人豢养,替人帮闲,而终不免被人宰割的鸡,那有什么龙和凤呢?科学来了,神话该退位了。办刊物的人也得当心,再不得要让"死的拉住活的"了!

要不然,万一非给这民族选定一个象征性的生物不可,那还是狮子罢,我说还是那能够怒吼的狮子罢,如其它不再太贪睡的话。

1944年7月

# 匡斋谈艺

一

彝器铭文画字从"周"声,周与昼声近,所以就字音说,画本也可读如"昼",就字义说,"画"也就是古"雕"字。这现象告诉我们:画字的本义是刻画,那便是说,在古人观念中,画与雕刻恐怕没有多大分别。就工具说,刀的发明应比笔早,因此产生雕刻的机会也应比产生绘画的机会较先来到。当然刀也可以仅仅用来在一个面积上刻画一些线条,藉以模拟一个对象的形状,因此刀的作用也就等于笔,但是我们可以想象,当那形成某种对象的轮廓的线条已经完成之后,原始艺术家未尝不想进一步,削削挖挖,使它成为浮雕,或更进一步,使它成为圆雕。他之所以没有那样做,只是受了材料,时间,或别种限制而已。在这种情形下,画实际是未完成的雕刻。未完成的状态久而久之成为定型,画的形式这才完成。然而画的意义仍旧是一种变质的雕刻,因为那由线条构成的形的轮廓,本身依然没有意义,它是作为实物的立体形的象征而存在的。

## 二

绘画，严格的讲来，是一种荒唐的企图，一个矛盾的理想。无论在中国，或西洋，绘画最初的目标是创造形体——有体积的形。然而它的工具却是绝对限于平面的。在平面上求立体，本是一条死路。浮雕的运用，在古代比近代来得多，那大概是画家在打不开难关时，用来餍足他对于形体的欲望的一种方法。在中国，"画"字意义本是"刻画"，而古代的画见于刻石者又那么多，这显然告诉我们，中国人当初在那抓不住形体的烦闷中，也是借浮雕来解嘲。这现象是与西方没有分别的。常常有人说中国画发源于书法，与西洋画发源于雕刻的性质根本不同。其实何尝有那样一回事！画的目标，无分中西，最初都是追求立体的形，与雕刻同一动机。中国画与书法发生因缘，是较晚的一种畸形的发展。

大概等到画家不甘心在浮雕中追偿他的缺欠，而非寻出他自家独立的工具不可的时候，绘画这才进入完全自觉的时期。在绘画上东方人与西方人分手，也正是这时的事。目的既在西方人认为创造有体积的形，画便不能，也不应摆脱它与雕刻的关系（他的理由很干脆），于是他用种种手段在画布上"塑"他的形。中国人说，不管你如何努力，你所得到的永远不过是形的幻觉；你既不能想象一个没有轮廓的形体，而轮廓的观念是必须寄于线条的，那么，你不如老老实实利用线条来影射形体的存在。他说，你那形的幻觉无论怎样奇妙，离着真实的形，毕竟远得很，但我这影射的形，不受拘挛，不受污损，不迁就，才是真实的形。他甚至于承认线条本不存在于形体中，而只是人们观察形体时的一种错觉，但是他说，将错就错也许能达到真正不错的目的。这样一来，玄学家的中国人便不知不觉把他们的画和他们的书法归入一种型类内去了。

这两种追求形体的手段，前者可以说是正面的，后者是侧面的。换言之，西方人对于问题是取接受的态度，中国人是取回避的态度。接受是勇气，回避是智慧。但是回避的最大的流弊是"数典忘祖"。当初本为着一个完整的真实的形体而回避那不能不受亏损的幻觉的形体，这样悬的，诚然是高不可攀。但悬的愈高，危险便愈大，一不小心把形体忘记了，绘画便成为一种平面的线条的驰骋。线条本身诚然具有伟大的表现力，中国画在这上面的成绩也委实令人惊奇。但是以绘画论，未免离题太远了！谁知道中国画的成功不也便是它的失败呢？

## 三

宋迪论作山水画曰：

> 先当求一败墙，张绢素讫，朝夕视之。既久，隔素见败墙之上，高下曲折，皆成山水之象。心存目想，高者为

山,下者为水,坎者为谷,缺者为涧,显者为近,晦者为远。神领意造,恍然见人禽草木飞动往来之象,了然在目。则随意命笔,默以神会,自然景皆天就,不类人为,是谓活笔。

达芬奇(Leonardo Da Vinci)作画前,看大理石以求构图之法,与此如出一辙。

# 说　舞

## 一场原始的罗曼司

假想我们是在参加着澳洲风行的一种科罗泼利（Gorro-Borry）舞。

灌木林中一块清理过的地面上，中间烧着野火，在满月的清辉下吐着熊熊的赤焰。现在舞人们还隐身在黑暗的丛林中从事化装。野火的那边，聚集着一群充当乐队的妇女。忽然林中发出一种坼裂声。紧跟着一阵沙沙的磨擦声——舞人们上场了。闯入火光圈里来的是三十个男子，一个个脸上涂着白垩，两眼描着圈环，身上和四肢画着些长的条纹。此外，脚踝上还系着成束的树叶，腰间围着兽皮裙。这时那些妇女已经面对面排成一个马蹄形。她们完全是裸着的。每人在两膝间绷着一块整齐的毓鼠皮。舞师呢，他站在女人们和野火之间，穿的是通常的毓皮围裙，两手各执一棒。观众或立或坐的围成一个圆圈。

舞师把舞人们巡视过一遭之后，就回身走向那些妇女们。突然他的棒子一拍，舞人们就闪电般的排成一行，走上前来。

他再视察一番，停了停等行列完全就绪了，就发出信号来，跟着他的木棒的拍子，舞人们的脚步移动了，妇女们也敲着鼯鼠皮唱起歌来。这样，一场科罗泼利便开始了。

拍子愈打愈紧，舞人的动作也愈敏捷，愈活泼，时时扭动全身，纵得很高，最后一齐发出一种尖锐的叫声，突然隐入灌木林中去了。场子空了一会儿。等舞师重新发出信号，舞人们又再度出现了。这次除舞队排成弧形外，一切和从前一样。妇女们出来时，一面打着拍子，一面更大声的唱，唱到几乎嗓子都要裂了，于是声音又低下来，低到几乎听不见声音。歌舞的尾声和第一折相仿佛。第三、四、五折又大同小异的表演过了。但有一次舞队是分成四行的，第一行退到一边，让后面几行向前迈进，到达妇人们面前，变作一个由身体四肢交锁成的不可解的结，可是各人手中的棒子依然在飞舞着。你直害怕他们会打破彼此的头，但是你放心，他们的动作无一不遵守着严格的规律。决不会出什么岔子的。这时情绪真紧张到极点，舞人们在自己的噪呼声中，不要命的顿着脚跳跃，妇女们也发狂似的打着拍子引吭高歌。响应着他们的热狂的，是那高烛云空的火光，急雨点似的劈拍的喷射着火光。最后舞师两臂高举，一阵震耳的掌声，舞人们退场了，妇女和观众也都一哄而散，抛下一片清冷的月光，照着野火的余烬渐渐息灭了。

这就是一场澳洲的科罗泼利舞，但也可以代表各地域各时代任何性质的原始舞，因为它们的目的总不外乎下列这四点：

（一）以综合性的形态动员生命，（二）以律动性的本质表现生命，（三）以实用性的意义强调生命，和（四）以社会性的功能保障生命。

## 综合性的形态

舞是生命情调最直接，最实质，最强烈，最尖锐，最单纯而又最充足的表现。生命的机能是动，而舞便是节奏的动，或更准确点，有节奏的移易地点的动，所以它直是生命机能的表演。但只有在原始舞里才看得出舞的真面目，因为它是真正全体生命机能的总动员，它是一切艺术中最大综合性的艺术。它包有乐与诗歌，那是不用说的。它还有造型艺术，舞人的身体是活动的雕刻，身上的文饰是图案，这也都显而易见。所当注意的是，画家所想方设法而不能圆满解决的光的效果，这里藉野火的照明，却轻轻的抓住了。而野火不但给了舞光，还给了它热，这触觉的刺激更超出了任何其它艺术的性能。最后，原始人在舞的艺术中最奇特的创造，是那月夜丛林的背景对于舞场的一种镜框作用。由于框外的静与暗，和框内的动与明，发生着对照作用，使框内一团声音光色的活动情绪更为集中，效果更为强烈，藉以刺激他们自己对于时间（动静）和空间（明暗）的警觉性，也便加强了自己生命的实在性。原始舞看来简单，唯其简单，所以能包含无限的复杂。

## 律动性的本质

上文说舞是节奏的动,实则节奏与动,并非二事。世间决没有动而不成节奏的,如果没有节奏,我们便无从判明那是动。通常所谓"节奏"是一种节度整齐的动,节度不整齐的,我们只称之为"动",或乱动,因此动与节奏的差别,实际只是动时节奏性强弱的程度上的差别,而并非两种性质根本不同的东西。上文已说过,生命的机能是动,而舞是有节奏的移易地点的动,所以也就是生命机能的表演。现在我们更可以明白,所谓表演与非表演,其间也只有程度的差别而已。一方面生命情绪的过度紧张,过度兴奋,以至成为一种压迫,我们需要一种更强烈,更集中的动,来宣泄它,和缓它,一方面紧张与兴奋的情绪,是一种压迫,也是一种愉快,所以我们也需要在更强烈,更集中的动中来享受它。常常有人讲,节奏的作用是在减少动的疲乏。诚然,但须知那减少疲乏的动机,是积极而非消极的,而节奏的作用是调整而非限制。因为由紧张的情绪发出的动是快乐,是可珍惜的,所以要用节奏来调整它,使它延长,而不致在乱动中轻轻浪费掉。甚至这看法还是文明人的主观,态度不够积极。节奏是为减轻疲乏的吗?如果疲乏是讨厌的,要不得的,不如干脆放弃它。放弃疲乏并不是难事,在那月夜,如果怕疲乏,躲在草地上对月亮发愣,不就完了吗？如果原始人真怕疲乏，就干脆没有舞那一套，因为无论怎样加以调整，最后疲乏总归是要来到的，不，他们的目的是在追求疲乏，而舞（节奏的动）是达到那目的最好的通路。一位著者形容新南威尔斯土人的舞说："……鼓声渐渐紧了，动作也渐渐快了。直至达到一种如闪电的速度。随时全体一跳跳到半空，当他们脚尖再触到地面时，那分开着的两腿上的肉腓，颤动得直使那白垩的条纹，看去好像蠕动的长蛇，同时一阵强烈的嘶——声充满空中（那是他们的喘息声）。"非洲布须曼人的摩科马舞（Mokoma）更是我们不能想象的。"舞者跳到十分疲劳，浑身淌着大汗，口里还发出千万种叫声。身体做着各种困难的动作，以至一个一个的，跌倒在地上，浴在源源而出的鼻血泊中。因此他们便叫这种舞叫'摩科马'，意即血的舞。"总之，原始舞是一种剧烈的，紧张的，疲劳性的动，因为只有这样他们才体会到最高限度的生命情调。

## 实用性的意义

西方学者每分舞为模拟式的与操练式的二种，这又是文明人的主观看法。二者在形式上既无明确的界线，在意义上尤其相同。所谓模拟舞者，其目的，并不如一般人猜想的，在模拟的技巧本身而是在模拟中所得的那逼真的情绪。他们甚至不是在不得已的心情下以假代真，或在客观的真不可能时，乃以主观的真权当客观的真。他们所求的只是那能加强他们的生命感的一种提炼的集中的生活经验——一杯能使他们陶醉的醇醴的酷烈的酒。只要能陶醉,那酒是真是假,倒不必计较,何况真与假,或主观与客观,对他们本没有多大区别呢!他们不因舞中的"假"而从事于舞,正如他们不以巫术中的"假"而从事巫术。反之,正因他们相信那是真,才肯那样做,那样认真的作(儿童的游戏亦复如此)。既然因日常生活经验不够提炼与集中,才要借艺术中的生活经验——舞来获得一醉。那么模拟日常生活经验,就模拟了它的不提炼与集中,模拟得愈像,便愈不提炼,愈不集中,所以最彻底的方法,是连模拟也放弃了,而仅剩下一种抽象的节奏的动,这种舞与其称为操练舞,不如称为"纯舞",也许还比较接近原始心理的真相。一方面,在高度的律动中,舞者自身得到一种生命的真实感(一种觉得自己是活着的感觉),那是一种满足。另一方面,观者从感染作用,也得到同样的生命的真实感,那也是一种满足,舞的实用意义便在这里。

## 社会性的功能

或由本身的直接经验(舞者),或者感染式的间接经验(观者),因而得到一种觉着自己是活着的感觉,这虽是一种满足,但还不算满足的极致,最高的满足,是感到自己和大家一同活着，各人以彼此的"活"互相印证，互相支持，使各人自己的"活"更加真实，更加稳固，这样满足才是完整的，绝对的。这群体生活的大和谐的意义，便是舞的社会功能的最高意义，由和谐的意识而发生一种团结与秩序的作用，便是舞的社会功能的次一等的意义。关于这点，高罗斯（Ernest Groose）[①]讲得最好："在跳舞的白热中，许多参与者都混成一体，好像是被一种感情所激动而动作的单一体。在跳舞期间，他们是在完全统一的社会态度之下，舞群的感觉和动作正像一个单一的有机体。原始跳舞的社会意义全在乎统一社会的感应力。他们领导并训练一群人，使他们在一种动机，一种感情之下，为一种目的而活动（在他们组织散漫和不安定的生活状态中，他们的行为常被各个不同的需要和欲望所驱使）。它至少乘机介绍了秩序和团结给这狩猎民族的散漫无定的生活中的意义。除战争外，恐怕跳舞对于原始部落的人，是唯一的使他们觉着休戚相关的时机。它也是对于战争最好的准备之一，因为操练式的跳舞有许多地方相当于我们的军事训练。在人类文化发展上，过分估计原始跳舞的重要性，是一件困难的事。一切高级文化，是以各个社会成分的一致有秩序的合作为基础的，而原始人类却以跳舞训练这种合作。"舞的第三种社会功能更为实际。上文说过，主观的真与客观的真，在原始人类意义中

---

　　① 高罗斯（Ernest Groose）——德国艺术史家。

没有明确的分野。在感情极度紧张时，二者尤易混淆，所以原始舞往往弄假成真，因为发生不少的暴行。正因假的能发生真的后果，所以他们常常因假的作为勾引真的媒介。许多关于原始人类战争的记载，都说是以跳舞开场的，而在我国古代，武王伐纣前夕的歌舞，即所谓"武宿夜"者，也是一个例证。

1944年3月

# 端午的历史教育

端午那天孩子们问起粽子的起源，我当时虽乘机大讲了一顿屈原，心里却在暗笑，恐怕是帮同古人撒谎罢。不知道是为了谎的教育价值，还是自己图省事和藏拙，反正谎是撒过了，并且相当成功，因为看来孩子们的好奇心确乎得到了相当的满足。可是，孩子们好奇心的终点，便是自己好奇心的起点。自从那天起，心里常常转着一个念头：如果不相信谎，真又是什么呢？端午真正的起源，究竟有没有法子知道呢？最后我居然得到了线索，就在那谎里。

屈原五月五日投汨罗而死，楚人哀之，每至此日，以竹筒贮米投水祭之。汉建武中，长沙欧回白日忽见一人，自称三闾大夫，谓曰："君常见祭，甚善。但常所遗，苦为蛟龙所窃。今若有惠，可以楝树叶塞其上，仍以五彩丝约缚之。此二物，蛟龙所惮也。"回依其言。世人作粽，并带五彩丝及楝叶。皆汨罗之遗风也。

——《续齐谐记》

这传说是如何产生的，下文再谈，总之是不可信。倒是"常所遗（粽子）苦为蛟龙所窃"这句话，对于我的疑窦，不失为一个宝贵的消息。端午节最主要的两个节目，无疑是竞渡和吃粽子。这里你就该注意，竞渡用的龙舟，粽子投到水里常为蛟龙所窃，两个主要节目都与龙有关，假如不是偶合的话，恐怕整个端午节中心的意义，就该向龙的故事去探寻罢。这是第一点。据另一传说，竞渡的风俗起于越王勾践，那也不可靠。不过吴越号称水国，说竞渡本是吴越一带的土风，总该离事实不远。这是第二点。一方面端午的两个主要节目都与龙有关，一方面至少两个节目之一，与吴越的关系特别深，如果我们再能在吴越与龙之间找出联系来，我们的问题不就解决了吗？

吴越与龙究竟有没有联系呢？古代吴越人"断发文身"，是我们熟知的事实。这习俗的意义，据当时一位越国人自己的解释，是"处海垂之际，……而蛟龙又与我争焉，是以翦发文身，烂然成章，以像龙子者，将以避水神也"（《说苑·奉使》篇记诸发语）。所谓"水神"便是蛟龙。原来吴越都曾经自认为蛟龙的儿子（龙子），在那个大前提下，他们想，蛟龙是害人的东西，不错，但决不会残杀自己的"骨肉"。所以万一出了岔子，责任不该由蛟龙负，因为，他们相信，假若人们样子也长的和蛟龙一样，让蛟龙到眼就认识是自己的族类，哪会有岔子出呢？这样盘算的结果，他们便把头发剪短了，浑身刺着花纹，尽量使自己真像一个"龙子"，这一来他们心里便踏实了，觉得安全真有保障。这便是吴越人断发文身的全部理论。这种十足的图腾主义式的心理，我在别处还有更详细的分析与说明。现在应该注意的是，我们在上文所希望的吴越与龙的联系，事实上确乎存在。根据这联系推下去，我想谁都会得到这样一个结论：端午本是吴越民族举行图腾祭的节日，而赛龙舟便是这祭仪中半宗教，半社会性的娱乐节目。至于将粽子投到水中，本意是给蛟龙享受的，那就不用讲了。总之，端午是个龙的节日，它的起源远在屈原以前——不知多远呢！

据《风俗通》和《荆楚岁时记》，五月五日，古代还有以彩丝系臂，名曰"长命缕"的风俗。我们疑心彩丝系臂便是文身的变相。一则《国策》有"祝发文身错臂，瓯越之民也"（《赵策》二）的话。可见文身术应用的主要部分之一是两臂。二则文身的目的，上文已讲过，是给生命的安全作保障。彩丝系臂，在形式上既与错臂的文身术有类似的效果，而"长命缕"这名称又证明了它也具有保障生命的功能，所以我们说彩丝系臂是古代吴越人文身俗的遗留，也是不会有大错的。于是我又恍然大悟，如今小孩们身上挂着五彩丝线缠的，或彩色绸子扎的，或染色麦草编的，种种光怪陆离的小玩意儿，原来也都是文身的替代品。文身是"以像龙子"的。竞渡与吃粽子，上文已说过，都与龙有关，现在我们又发现彩丝系臂的背景也是龙，这不又给端午是龙的节日添了一条证据么？我看为名副其实,这节日干脆叫"龙子节"得了。

我在上文好像揭穿了一个谎。但在那揭谎的工作中,我并不是没有怀着几分惋惜的心情。我早已提到谎有它的教育价值,其实不等到谎被揭穿之后,我还不觉得谎的美丽。如果明年孩子们再谈起粽子的起源,我想,我的话题还是少不了这个谎,不,我将在讲完了真之后,再告诉他们谎中的真。我将这样说:

"吃粽子这风俗真古得很啊!它的起源恐怕至少在四五千年前。那时人们的文化程度很低。你们课本中有过海南岛黎人的插图吗?他们正是那样,浑身刺绣着花纹,满脸的狞恶像。但在内心里他们实在是可怜的。那时的人在自然势力威胁之下,常疑心某种生物或无生物有着不可思议的超自然力量,因此他们就认定那东西为他们全族的祖先兼保护神,这便是现代术语所谓'图腾'。凡属于某一图腾族的分子,必在自己身体上和日常用具上,刻画着该图腾的形状,以图强化自己和图腾间的联系,而便于获得图腾的保护。古代吴越民族是以龙为图腾的,为表示他们'龙子'的身份,藉以巩固本身的被保护权,所以有那断发文身的风俗。一年一度,就在今天,他们要举行一次盛大的图腾祭,将各种食物,装在竹筒,或裹在树叶里,一面往水里扔,献给图腾神吃,一面也自己吃。完了,还在急鼓声中(那时许没有锣)划着那刻画成龙形的独木舟,在水上作竞渡的游戏,给图腾神,也给自己取乐。这一切,表面上虽很热闹，骨子里却只是在一副战栗的心情下，吁求着生命的保障，所以从冷眼旁观者看来，实在是很悲的。这便是最古端午节的意义。

"一二千年的时间过去了，由于不断的暗中摸索，人们稍稍学会些控制自然的有效方法，自己也渐渐有点自信心，于是对他们的图腾神，态度渐渐由献媚的，拉拢的，变为恫吓的，抗拒的（人究竟是个狡猾的东西！），最后他居然从幼稚的，草昧的图腾文化挣扎出来了，以至几乎忘掉有过那么回事。好了，他现在立住脚跟了，进步相当的快。人们这时赛龙舟，吃粽子，心情虽还有些紧张，但紧张中却带着点胜利的欢乐意味。他们如今是文明人啊！我们所熟习的春秋时代的吴越，便是在这个文化阶段中。

"但是，莫忙乐观！刚刚对于克服自然有点把握，人又发现第二个仇敌——他自己。以前人的困难是怎样求生，现在生大概不成问题，问题在怎样生得光荣。光荣感是个良心问题，然而要晓得良心是随罪恶而生的。时代一入战国，人们造下的罪孽想是太多了，屈原的良心担负不起，于是不能生得光荣，便毋宁死，于是屈原便投了汨罗！是呀，仅仅求生的时代早过去了，端午这节日也早失去了意义。从越国到今天，应该是怎样求生得光荣的时代，如果我们还要让这节日存在，就得给他装进一个我们时代所需要的意义。

"但为这意义着想，哪有比屈原的死更适当的象征？是谁首先撒的谎,说端午节起于纪念屈原,我佩服他那无上的智慧!端午,以求生始,以争取生得光荣的死终,这谎中有无限的真!"

准备给孩子们讲的话,不妨到此为止。纵然这番意思,孩子还不太懂,但迟早是应当让他们懂得的。是不是?

1943年7月

# 人民的诗人——屈原

古今没有第二个诗人像屈原那样曾经被人民热爱的。我说"曾经",因为今天过着端午节的中国人民,知道屈原这样一个人的实在太少,而知道《离骚》这篇文章的更有限。但这并不妨碍屈原是一个人民的诗人。我们也不否认端午这个节日,远在屈原出世以前,已经存在,而它变为屈原的纪念日,又远在屈原死去以后。也许正因如此,才足以证明屈原是一个真正的人民诗人。惟其端午是一个古老的节日,"和中国人民同样的古老",足见它和中国人民的生活如何不可分离,惟其中国人民愿意把他们这样一个重要的节日转让给屈原,足见屈原的人格,在他们生活中,起着如何重大的作用。也惟其远在屈原死后,中国人民还要把他的名字,嵌进一个原来与他无关的节日里,才足见人民的生活里,是如何的不能缺少他。端午是一个人民的节日,屈原与端午的结合,便证明了过去屈原是与人民结合着的,也保证了未来屈原与人民还要永远结合着。

是什么使得屈原成为人民的屈原呢?

第一,说来奇怪,屈原是楚王的同姓,却不是一个贵族。战国是一个封建阶级大大混乱的时期,在这混乱中,屈原从封建贵族阶级，早被打落下来，变成一个作为宫廷弄臣的卑贱的伶官，所以，官爵尽管很高，生活尽管和王公们很贴近，他，屈原，依然和人民一样，是在王公们脚下被践踏着的一个。这样，首先在身分上，屈原便是属于广大人民群中的。

第二，屈原最主要的作品——《离骚》的形式，是人民的艺术形式，"一篇题材和秦始皇命博士所唱的《仙真人诗》一样的歌舞剧"。虽则它可能是在宫廷中演出的。至于他的次要的作品——《九歌》，是民歌，那更是明显，而为历来多数的评论家所公认的。

第三，在内容上，《离骚》"怨恨怀王，讥刺椒兰"，无情的暴露了统治阶层的罪行，严正的宣判了他们的罪状，这对于当时那在水深火热中敢怒而不敢言的人民，是一个安慰，也是一个兴奋。用人民的形式，喊出了人民的愤怒，《离骚》的成功不仅是艺术的，而且是政治的，不，它的政治的成功，甚至超过了艺术的成功，因为人民是最富于正义感的。

但，第四，最使屈原成为人民热爱与崇敬的对象的，是他的"行义"，不是他的"文采"。如果对于当时那在暴风雨前窒息得奄奄待毙的楚国人民，屈原的《离骚》唤醒了他们的反抗情绪，那么，屈原的死，更把那反抗情绪提高到爆炸的边沿，只等秦国的大军一来，就用那溃退和叛变的方式，来向他们万恶的统治者，实行报复性的反击。（楚亡于农民革命，不亡于秦兵，而楚国农民的革命性的优良传统，在此后陈胜吴广对秦政府的那一著上，表现得尤其清楚。）历史决定了暴风雨的时代必然要来到，屈原一再的给这时代执行了"催生"的任务。屈原的言，行，无一不是与人民相配合的，虽则也许是不自觉的。有人说他的死是"匹夫匹妇自经于沟壑"，对极了，匹夫匹妇的作风，不正是人民革命的方式吗？

以上各条件，若缺少了一件，便不能成为真正的人民诗人。尽管陶渊明歌颂过农村，农民不要他，李太白歌颂过酒肆，小市民不要他，因为他们既不属于人民，也不是为着人民的。杜甫是真心为着人民的，然而人民听不懂他的话。屈原虽没写人民的生活，诉人民的痛苦，然而实质的等于领导了一次人民革命，替人民报了一次仇。屈原是中国历史上唯一有充分条件称为人民诗人的人。

1945年6月

## 关于儒·道·土匪

医生临症,常常有个观望期间,不到病势相当沉重,病象充分发作时,正式与有效的诊断似乎是不可能的。而且,在病人方面,往往愈是痼疾,愈要讳疾忌医,因此恐怕非等到病势沉重,病象发作,使他讳无可讳,忌无可忌时,他也不肯接受诊断。

事到如今,我想即使是最冥顽的讳疾忌医派,如钱穆教授之流,也不能不承认中国是生着病,而且病势的严重,病象的昭著,也许赛过了任何历史记录。唯其如此,为医生们下诊断,今天才是最成熟的时机。

向来是"旁观者清",无怪乎这回最卓越的断案来自一位英国人。这是韦尔斯先生观察所得:

> 在大部分中国人的灵魂里,斗争着一个儒家。一个道家。一个土匪。
>
> ——《人类的命运》

为了他的诊断的正确性,我们不但钦佩这位将近八十高龄的医生，而且感激他，感激他给我们查出了病源，也给我们至少保证了半个得救的希望，因为有了正确的诊断，才谈得到适当的治疗。

但我们对韦尔斯先生的拥护，不是完全没有保留的，我认为假如将"儒家，道家，土匪"，改为"儒家，道家，墨家"，或"偷儿，骗子，土匪"，这不但没有损害韦氏的原意，而且也许加强了它，因为这样说话，可以使那些比韦氏更熟悉中国历史和文化的人，感着更顺理成章点，因此也更乐于接受点。

先讲偷儿和土匪，这两种人作风的不同，只有前者是巧取，后者是豪夺罢了。"巧取豪夺"这成语，不正好用韩非的名言"儒以文乱法，侠以武犯禁"来说明吗？而所谓侠者不又是堕落了的墨家吗？至于以"骗子"代表道家，起初我颇怀疑那徽号的适当性，但终于还是用了它。"无为而无不为"也就等于说：无所不取，无所不夺。而看去又像是一无所取，一无所夺，这不是骗子是什么？偷儿，骗子，土匪是代表三种不同行为的人物，儒家，道家，墨家是代表三种不同的行为理论的人物；尽管行为产生了理论，理论又产生了行为，如同鸡生蛋，蛋生鸡一样，但你既不能说鸡就是蛋，你也就不能将理论与行为混为一谈。所以韦尔斯先生叫儒家，道家和土匪站作一排，究竟是犯了混淆范畴的逻辑错误。这一点表过以后，韦尔斯先生的观察，在基本意义上，仍不失为真知灼见。

就历史发展的次序说，是儒，墨，道。要明白儒墨道之所以成为中国文化的病，我们得从三派思想如何产生讲起。

由于封建社会是人类物质文明成熟到某种阶段的结果，而它自身又确乎能维持相当安定的秩序，我们的文化便靠那种安定而得到迅速的进步，而思想也便开始产生了。但封建社会的组织本是家庭的扩大，而封建社会的秩序是那家庭中父权式的以上临下的强制性的秩序，它的基本原则至多也只是强权第一、公理第二。当然秩序是生活必要的条件，即便是强权的秩序，也比没有秩序好。尤其对于把握强权，制定秩序的上层阶级，那种秩序更是绝对的可宝。儒家思想便是以上层阶级的立场所给予那种秩序的理论的根据。然而父权下的强制性的秩序，毕竟有几分不自然，不自然的便不免虚伪，虚伪的秩序终久必会露出破绽来，墨家有见于此，想以慈母精神代替严父精神来维持秩序，无奈秩序已经动摇后，严父若不能维持，慈母更不能维持。儿子大了，父亲管不了，母亲更管不了，所以墨家之归于失败，是势所必然的。

墨家失败了，一气愤，自由行动起来，产生所谓游侠了，于是秩序便愈加解体了。秩序解体以后，有的分子根本怀疑家庭存在的必要，甚至咒诅家庭组织的本身，于是独自逃掉了，这种分子便是道家。

一个家庭的黄金时代，是在夫妇结婚不久以后，有了数目不太多的子女，而子女又都在未成年的期间。这时父亲如果能够保持着相当丰裕的收入，家中当然充满一片天伦之乐，即令不然，儿女人数不多，只要分配得平均，也还可以过得相当快乐，万一分配不太平均，反正儿女还小，也不至闹出大乱子来。但事实是一个庞大的家庭，儿女太多，又都成年了，利害互相冲突，加之分配本来就不平均，父亲年老力衰，甚至已经死了，家务由不很持平的大哥主持，其结果不会好，是可想而知了。儒家劝大哥一面用父亲在天之灵的大帽子实行高压政策，一面叫大家以黄金时代的回忆来策励各人的良心，说是那样，当年的秩序和秩序中的天伦之乐，自然会恢复。他不晓得当年的秩序，本就是一个暂时的假秩序，当时的相安无事，是沾了当时那特殊情形的光，于今情形变了，自然会露出马脚来。墨家的母性的慈爱精神不足以解决问题，原因也只在儿女大了，实际的利害冲突，不能专凭感情来解决，这一层前面已经提到。在这一点上，墨家犯的错误，和儒家一样，不过墨家确乎感觉到了那秩序中分配不平均的基本症结，这一点就是他后来走向自由行动的路的心理基础。墨家本意是要实现一个以平均为原则的秩序，结果走向自由行动的路，是破坏秩序。只看见破坏旧秩序，而没有看见建设新秩序的具体办法，这是人们所痛恶的，因为，正如前面所说的，秩序是生活的必要条件。尤其是中国人的心理，即令不公平的秩序，也比完全没有秩序强。

这里我们看出了墨家之所以失败，正是儒家之所以成功。

至于道家因根本否认秩序而逃掉，这对于儒家，倒因为减少了一个掣肘的而更觉方便，所以道家的遁世实际是帮助了儒家的成功。因为道家消极的帮了儒家的忙，所以儒家之反对道家，只是口头的，表面的，不像他对于墨家那样的真心的深恶痛绝。因为儒家的得势，和他对于墨道两家态度的不同，所以在上层阶级的士大夫中，道家还能存在，而墨家却绝对不能存在。墨家不能存在于士大夫中，便一变为游侠，再变为土匪，愈沉愈下了。

捣乱分子墨家被打下去了，上面只剩了儒与道，他们本来不是绝对不相容的，现在更可以合作了。合作的方案很简单。这里恕我曲解一句古书，《易经》说"肥遁，无不利"，我们不妨读肥为本字。而把"肥遁"解为肥了之后再遁，那便是说一个儒家做了几任"官"，捞得肥肥的，然后撒开腿就跑，跑到一所别墅或山庄里，变成一个什么居士，便是道家了。——这当然是对己有利的办法了。甚至还用不着什么实际的"遁"，只要心理上念头一转，就身在宦海中也还是遁，所谓"身在魏阙，心在江湖"，和"大隐隐朝市"者，是儒道合作中更高一层的境界。在这种合作中，权利来了，他以儒的名分来承受，义务来了，他又以道的资格说，本来我是什么也不管的。儒道交融的妙用，真不是笔墨所能形容的，在这种情形之下，称他们为偷儿和骗子，能算冤屈吗？

"成则为王，败则为寇"，"窃钩者诛，窃国者侯"，这些古语中所谓王侯如果也包括了"不事王侯，高尚其事"的道家，便更能代表中国的文化精神。事实上成语中没有骂到道家，正表示道家手段的高妙。讲起穷凶极恶的程度来，土匪不如偷儿，偷儿不如骗子，那便是说墨不如儒，儒不如道，韦尔斯先生列举三者时，不称墨而称土匪，也许因为外国人到中国来，喜欢在穷乡僻壤跑，吃土匪的亏的机会特别多，所以对他们特别深恶痛绝。在中国人看来，三者之中，其实土匪最老实，所以也最好防备。从历史上看来，土匪的前身墨家，动机也最光明。如今不但在国内，偷儿骗子在儒道的旗帜下，天天剿匪，连国外的人士也随声附和的口诛笔伐，这实在欠公允，但我知道这不是韦尔斯先生的本意，因为知道在他们本国，韦尔斯先生的同情一向是属于那一种人的。

话说回来，土匪究竟是中国文化的病，正如偷儿骗子也是中国文化的病。我们甚至应当感谢韦尔斯先生在下诊断时，没有忘记土匪以外的那两种病源——儒家和道家。韦尔斯先生用"春秋"的书法，将儒道和土匪并称，这是他的许多伟大贡献中的又一个贡献。

1944年4月

# 什么是儒家
## ——中国士大夫研究之一

"无论在任何国家，"伊里奇在他的《国家论》里说，"所有一切国家中所有人类社会数千年来发展的经过，都向我们表明出这种发展的一般规律，法则和次序：起初是无产阶级的社会，即始初的宗法的社会，原始的，没有什么贵族存在的社会，然后是以奴隶制为基础的社会，即奴隶主的社会。……奴隶主和奴隶的划分，是最初一次大规模的阶级划分。前一集团不仅占有一切生产资料，即土地以及虽然当时还很原始的工具等等，并且还占有人民。这个集团就叫做奴隶主，而从事劳动并把劳动果实交归他人的那些人则叫做奴隶。"中国社会自文明初发出曙光，即约当商盘庚时起，便进入了奴隶制度的阶段，这个制度渐次发展，在西周达到它的全盛期，到春秋中叶便成强弩之末了，所以我们可以概括的说，从盘庚到孔子，是我们历史上的奴隶制社会期。但就在孔子面前，历史已经在剧烈的变革着，转向到另一个时代，孔子一派人大声急呼，企图阻止这一变革，然而无效。历史仍旧进行着，直到秦汉统一，变革的过程完毕了，这才需要暂时休息一下。趁着这个当儿，孔子的后学们，董仲舒为代表，便将孔子的理想，略加修正，居然给实现了。在长时期变革过程的疲惫后，这是一帖理想的安眠药，因为这安眠药的魔力，中国社会便一觉睡了两千年，直到孙中山先生才醒转一次。孔子的理想既是恢复奴隶社会的秩序，而董仲舒是将这理想略加修正后，正式实现了，那么，中国社会，从董仲舒到中山先生这段悠长的期间，便无妨称为一个变相的奴隶社会。

董仲舒的安眠药何以有这么大的魔力呢？要回答这个问题，还得从头说起。相传殷周的兴亡是仁暴之差的结果，这所谓仁与暴分明代表着两种不同的奴隶管理政策。大概殷人对于奴隶榨取过度，以致奴隶们"离心离德"而造成"前途倒戈"的后果，反之，周人的榨取比较温和，所以能一方面赢得自己奴隶的"同心同德"，一方面又能给太公以施行"阴谋"的机会，教对方的奴隶叛变他们自己的主人，仁与暴漂亮的名词，实际只是管理奴隶的方法有的高明点，有的笨点罢了。周人还有个高明的地方，那便是让胜国的贵族管理胜国的奴隶。《左传·定公四年》说："周公相王室，分鲁公以……殷民六族……使帅其宗氏，辑其分族，将其丑类；使之职事于鲁，……分之土田陪敦（附庸，即仆庸），祝宗卜史，备物典策，官司彝器。……分康叔以……殷民七族。……"这些殷民六族与七族便是胜国投降的贵族，那些"备物典策，官司彝器"的"祝宗卜史"，便是后来所谓"儒"——寄食于贵族的知识分子。让贵族和知识分子分掌政教，共同管理自己的奴隶"附庸"，这对奴隶们和奴隶占有者"周人"双方都有利的，因为以居间的方式他们可以缓和主奴间的矛盾，他们实在做了当时社会机构中的一种缓冲阶层。后来胜国贵族们渐趋没落，而儒士们，因有特殊知识和技能，日渐发展成为一种宗教文化的行帮企业，兼理着下级行政干部的事务，于是缓冲阶层便为儒士们所独占了。当然也有一部分没落胜国贵族，改业为儒，加入行帮的。

明白这种历史背景，我们就可以明白儒家的中心思想。因为儒家是一个居于矛盾的两极之间的缓冲阶层的后备军，所以他们最忌矛盾的统一，矛盾统一了，没有主奴之分，便没有缓冲阶层存在的余地。他们也不能偏袒某一方面，偏袒了一方，使一方太强，有压倒对方的能力，缓冲者也无事可做。所谓"君子和而不同"，便是要使上下在势均力敌的局面中和平相处，而切忌"同"于某一方面，以致动摇均势，因动摇了均势，便动摇自己的地位啊！儒家之所以不能不讲中庸之道，正因他是站在中间的一种人。中庸之道，对上说，爱惜奴隶，便是爱惜自己的生产工具，也便是爱惜自己，所以是有利的，对下说，反正奴隶是做定了，苦也就吃定，只要能少吃点苦就是幸福，所以也是有利的。然而中庸之道，最有利的，恐怕还是那站在中间，两边玩弄，两边镇压，两边劝谕，做人又做鬼的人吧！孔子之所以宪章文武，尤其梦想周公，无非是初期统治阶级的奴隶管理政策，符合了缓冲阶级层的利益，所谓道统者，还是有其社会经济意义的。

可是切莫误会，中庸决不是公平。公平是从是非观点出发的，而中庸只是在利害中打算盘。主奴之间还讲什么是非呢？如果是要追究是非，势必牵涉到奴隶制度的本身，如果这制度本身发生了问题，哪里还有什么缓冲阶层呢？显然的，是非问题是和儒家的社会地位根本相抵触的。他只能一面主张"成事不说，遂事不谏，既往不咎"，一面用正名（君君臣臣，父父子子）的理论，维持现有的秩序（既成事实），然后再苦口婆心的劝两面息事宁人，马马虎虎，得过且过，我疑心"中庸"之庸字也就是"附庸"之庸字，换言之，"中庸"便是中层或中间之佣。自身既也是一种佣役（奴隶），天下哪有奴隶支配主人的道理，所以缓冲阶层的真正任务，也不过是恳求主子刀下留情，劝令奴才忍重负辱，"执中无权，尤执一也"，天秤上的码子老是向重的一头移动着，其结果，"中庸"恰恰是"不中庸"。可不是吗？"爵禄可辞也，白刃可蹈也，中庸不可能也！"果然你辞了爵禄，蹈了白刃，那于主人更方便（因为把劝架人解决了，奴才失去了掩蔽，主人可以更自由的下毒手），何况爵禄并不容易辞，白刃更不容易蹈呢？实际上缓冲阶层还是做了帮凶，"季氏富于周公，而求也为之聚敛而附益之"，冉求的作风实在是缓冲阶层的唯一出路。孔子喝令"小子鸣鼓而攻之！"是冤枉了冉求，因为孔子自己也是"三月无君则皇皇如也"的，冉求又怎能饿着肚子不吃饭呢！

但是，有了一个建筑在奴隶生产关系上的社会，季氏便必然要富于周公，冉求也必然要为之聚敛，这是历史发展的一定的法则。这法则的意义是什么呢？恰恰是奴隶社会的发展促成了奴隶社会的崩溃。缓冲阶层既依存于奴隶社会，那么冉求之辈的替主人聚敛，也就等于替缓冲阶层自掘坟墓。所以毕竟是孔子有远见，"留得青山在，不怕没柴烧"，冉求是自己给自己毁坏青山啊！然而即令是孔子的远见也没有挽回历史。这是命运的作剧，做了缓冲阶层，其势不能不帮助上头聚敛，不聚敛，阶层的地位便无法保持，但是聚敛得来使整个奴隶社会的机构都要垮台，还谈得到什么缓冲阶层呢？所以孔子的呼吁如果有效，青山不过是晚坏一天，自己便多烧一天的柴，如果无效，青山便坏得更早点，自己烧柴的日子也就有限了，孔子的见地还是远点，但比起冉求，也不过是"以五十步笑百步"而已。结果，历史大概是沿着冉求的路线走的，连比较远见的路线都不曾蒙它采纳，于是春秋便以高速度的发展转入了战国，儒家的理想，非等到董仲舒不能死灰复燃的。

话又说回来了，儒家思想虽然必需等到另一时代，客观条件成熟，才能复活，但它本身也得有其可能复活的主观条件，才能真正复活，否则便有千百个董仲舒，恐怕也是枉然。儒家思想，正如上文所说，是奴隶社会的产物，而它本身又是拥护奴隶社会的。我们都知道，奴隶社会是历史必须通过的阶段，它本身是社会进步的果,也是促使社会进步的因。既然必须通过,当然最好是能过得平稳点,舒服点。文武周公所安排的,孔子所发表的奴隶社会,因为有了那样缓和的榨取政策,和为执行这政策而设的缓冲阶层,它确乎是一比较舒服的社会,因为舒服,所以自从董仲舒把它恢复了,二千年的历史在它的怀抱中睡着了。

诚然,董仲舒的儒家不是孔子的儒家,而董仲舒以后的儒家也不是董仲舒的儒家,但其为儒家则一,换言之,他们的中心思想是一贯的。二千年来士大夫没有不读儒家经典的,在思想上,他们多多少少都是儒家,因此,我们了解了儒家,便了解了中国士大夫的意识观念。如上文所说,儒家思想是奴隶社会的产物,然则中国士大夫的意识观念是什么,也就值得深长思之了!

第四辑

# 人　物

看不见祖宗的肖像，便将梦魂中迷离恍惚的，捕风捉影，摹拟出来，聊当瞻拜的对象——那也是没有办法的慰情的办法。

# 庄 子

"臣之所好者道也，进乎技矣。"——《养生主》

一

庄子名周，宋之蒙人（今河南商邱县东北）。宋在战国时属魏，魏都大梁，因又称梁。《史记》说他与梁惠王齐宣王同时。《庄子》《田子方》《徐无鬼》两篇于魏文侯武侯称谥，而《则阳篇》《秋水篇》径称惠王的名字，又称公子，《山木篇》又称为王，《养生主》称文惠君，看来他大概生于魏武侯末叶，现在姑且定为周烈王元年（前三七五）。他的卒年，马叙伦定为赧王二十年（前二九五），大致是不错的。

与他同时代的惠施只管被梁王称为"仲父"，齐国的稷下先生们只管"皆列第为上大夫"，荀卿只管"三为祭酒"，吕不韦的门下只管"珠履者三千人"，——庄周只管穷困了一生，寂寞了一生，《庄子·外物篇》说他"家贫，故往贷粟于监河侯"，《山木篇》说他"衣大布而补之，正縻系履而过魏王"。这两件故事是否寓言，不得而知，然而拿这里所反映的一副穷措大的写照,加在庄周身上,决不冤枉他。我们知道一个人稍有点才智,在当时,要交结王侯,赚些名声利禄,是极平常的事。《史记》称庄子"其学无所不窥",又说他"善属书离辞,指事类情,用剽剥儒墨,虽当世宿学不能自解免也"。庄子的博学和才辩并不弱似何人,当时也不是没人请教他,无奈他脾气太古怪,不会和他们混,不愿和他们混。据说楚威王遣过两位大夫来聘他为相,他发一大篇议论,吩咐他们走了。《史记》又说他做过一晌漆园吏,那多半是为餬口计。吏的职分真是小得可怜,谈不上仕宦,可是也有个好处——不致妨害人的身分,剥夺人的自由。庄子一辈子只是不肯作事,大概当一个小吏,在庄子,是让步到最高限度了。依据他自己的学说,做事是不应当的,还不只是一个人肯不肯的问题。但我想那是愤激的遁辞。他的实心话不业已对楚王的使者讲过吗?

> 子独不见郊祭之牺牛乎?养食之数岁,衣以文绣,以入太庙,当是之时,虽欲为孤豚,岂可得乎?

又有一次宋国有个曹商,为宋王出使到秦国,初去时,得了几乘车的俸禄,秦王高兴了,加到百乘。这人回来,碰见庄子,大夸他的本领,你猜庄子怎样回答他?

> 秦王有病，召医。破痈溃痤者得车一乘，舐痔者得车五乘，所治愈下，得车愈多。子岂治其痔邪？何车之多也？子行矣！

话是太挖苦了，可是当时宦途的风气也就可想而知。在那种情况之下，即使庄子想要做事，叫他如何做去？

我们根据现存的《庄子》三十三篇中比较可靠的一部分，考察他的行踪，知道他到过楚国一次，在齐国待过一晌，此外似乎在家乡的时候多。和他接谈过的也十有八九是本国人。《田子方篇》见鲁哀公的话，毫无问题是寓言；《说剑》是一篇赝作，因此见赵文王的事更靠不住。倒是"庄子钓于濮水""庄子与惠子游于濠梁之上""庄子游乎雕陵之樊""庄子行于山中，……出于山，舍于故人之家"——这一类的记载比较合于庄周的身分，所以我们至少可以从这里猜出他的生活的一个大致。他大概是《刻意篇》所谓"就薮泽，处闲旷，钓鱼闲处，无为而已矣"的一种人。我们不能想象庄子那人，朱门大厦中会常常有他的足迹，尽管时代的风气是那样的，风气干庄周什么事？况且王侯们也未必十分热心要见庄周。凭白的叫他挖苦一顿做什么！太史公不是明讲了"自王公大人不能器之"吗？

惠子屡次攻击庄子"无用"。那真是全不懂庄子而又懂透了庄子。庄子诚然是无用，但是他要"用"做什么？

> 山木自寇也；膏火自煎也；桂可食，故伐之；漆可用，故割之。人皆知有用之用，而莫知无用之用也。

这样看来，王公大人们不能器重庄子，正合庄子的心愿。他"学无所不窥"，他"属书离辞，指事类情"，正因犯着有用的嫌疑，所以更不能不掩藏、避讳，装出那"其卧徐徐，其觉于于，一以己为马，一以己为牛"的一副假痴假骏的样子，以求自救。

归真的讲，关于庄子的生活，我们知道的很有限。三十三篇中述了不少关于他的轶事，可是谁能指出哪是寓言，哪是实录？所幸的，那些似真似假的材料，虽不好坐实为庄子的信史，却满足以代表他的性情与思想；那起码都算得画家所谓"得其神似"。例如《齐物论》里"庄周梦为蝴蝶"的谈话，恰恰反映着一个潇洒的庄子；《至乐篇》称"庄子妻死，惠子吊之，庄子则方箕踞鼓盆而歌"，又分明影射着一个放达的庄子；《列御寇篇》所载庄子临终的那段放论，也许完全可靠：

> 庄子将死，弟子欲厚葬之。庄子曰："吾以天地为棺椁，日月为连璧，星辰为珠玑，万物为赍送。吾葬具岂不备邪？何以加此？"弟子曰："吾恐乌鸢之食夫子也。"庄子曰："在上为乌鸢食，在下为蝼蚁食，夺彼与此，何其偏也！"

其余的故事，或滑稽，或激烈，或高超，或毒辣，不胜枚举，每一事象征着庄子人格的一方面，综合的看去，何尝不俨然是一个活现的人物？

有一件事，我们知道是万无可疑的，惠施在庄子生活中占一个很重要的位置。这人是他最接近的朋友，也是他最大的仇敌。他的思想行为，一切都和庄子相反，然而才极高，学极博，又是和庄子相同的。他是当代最有势力的一派学说的首领，是魏国的一位大政治家。庄子一开口便和惠子抬杠；一部《庄子》几乎页页上有直接或间接糟蹋惠子的话。说不定庄周著书的动机大部分是为反对惠施和惠施的学说，他并且有诬蔑到老朋友的人格的时候。据说（大概是他的弟子们造的谣言）庄子到梁国，惠子得着消息，下了一道通缉令，满城搜索了三天。说惠子是怕庄子来抢他的相位，冤枉了惠子，也冤枉了庄子。假如那事属实，大概惠子是被庄子毁谤得太过火，为他办事起见，不能不下那毒手？然而惠子死后，庄子送葬，走到朋友的墓旁，叹息道："自夫子之死也，吾无以为质矣，吾无与言之矣！"两人本是旗鼓相当的敌手，难怪惠子死了，庄子反而感到孤寂。

除了同国的惠子之外，庄子不见得还有多少朋友。他的门徒大概也有限。朱熹以为，"庄子当时亦无人宗之，他只在僻处自说"，像是对的。孟子是邹人，离着蒙不甚远，梁宋又是他到过的地方,他辟杨墨,没有辟到庄子。《尸子》曰:"墨子贵兼,孔子贵公,皇子贵衷,田子贵均,列子贵虚,料子贵别囿",没提及庄子。《吕氏春秋》也有同类的论断,从老聃数到儿良,偏漏掉了庄子。似乎当时只有荀卿谈到庄子一次,此外绝没有注意到他的。

庄子果然毕生是寂寞,不但如此,死后还埋没了很长的时期。西汉人讲黄老而不讲老庄。东汉初班嗣有报桓谭借《庄子》的信札,博学的桓谭连《庄子》都没见过。注《老子》的邻氏,傅氏,徐氏,河上公,刘向,毋丘望之,严遵等都是西汉人;两汉竟没有注《庄子》的。庄子说他要"处乎材与不材之间",他怕的是名,一心要逃名,果然他几乎要达到目的,永远湮没了。但是我们记得,韩康徒然要向卖药的生活中埋名,不晓得名早落在人间,并且恰巧要被一个寻常的女子当面给他说破。求名之难那有逃名难呢?庄周也要逃名,暂时的名可算给他逃过了,可是暂时的沉寂毕竟只为那永久的赫烜作了张本。

一到魏晋之间,庄子的声势忽然浩大起来,崔譔首先给他作注,跟着向秀,郭象,司马彪,李颐都注《庄子》。像魔术似的,庄子忽然占据了那全时代的身心,他们的生活,思想,文艺,——整个文明的核心是庄子。他们说"三日不读老庄,则舌本间强"。尤其是《庄子》竟是清谈家的灵感的泉源。从此以后,中国人的文化上永远留着庄子的烙印。他的书成了经典。他屡次荣膺帝王的尊封[①]。至于历代文人学者对他的崇拜，更不用提。别的圣哲，我们也崇拜，但那像对庄子那样倾倒、醉心、发狂？

## 二

庖丁对答文惠君说："臣之所好者道也，进乎技矣。"这句话的意义，若许人变通的解释一下，便恰好可以移作庄子本人的断语。庄子是一位哲学家，然而侵入了文学的圣域。庄子的哲学，不属本篇讨论的范围。我们单讲文学家庄子；如有涉及他的思想的地方，那是当作文学的核心看待的，对于思想本身，我们不加批评。

古来谈哲学以老庄并称，谈文学以庄屈并称。南华的文辞是千真万真的文学，人人都承认。可是《庄子》的文学价值还不只在文辞上。实在连他的哲学都不像寻常那一种矜严的，峻刻的，料峭的一味皱眉头，绞脑子的东西；他的思想的本身便是一首绝妙的诗。

一壁认定现实全是幻觉，是虚无，一壁以为那真正的虚无才是实有，庄子的议论，反来覆去，不外这两个观点。那虚无，或称太极，或称涅槃，或称本体，庄子称之为"道"。

---

① 唐玄宗封为"南华真人"，宋徽宗封为"微妙玄通真君"。

他说：

> 夫道有情有信，无为无形，可传而不可受，可得而不可见，自本自根，未有天地，自古以固存，神鬼神帝，生天生地，在太极之先而不为高，在六极之下而不为深，先天地生而不为久，长于上古而不为老——狶韦氏得之以挈天地，伏戏氏得之以袭气母，维斗得之终古不忒，日月得之终古不息，堪坏得之以袭昆仑，冯夷得之以游大川，肩吾得之以处大山，黄帝得之以登云天，颛顼得之以处玄宫，禺强得之立乎北极，西王母得之坐乎少广，莫知其始，莫知其终，彭祖得之上及有虞，下及五伯，傅说得之以相武丁，奄有天下，乘东维，骑箕尾，而比于列星。

有大智慧的人们都会认识道的存在，信仰道的实有，却不像庄子那样热忱的爱慕它。在这里，庄子是从哲学又跨进了一步，到了文学的封域。他那婴儿哭着要捉月亮似的天真，那神秘的怅惘，圣睿的憧憬，无边际的企慕，无涯岸的艳羡，便使他成为最真实的诗人。

然而现实究竟不容易抹杀，即使你说现实是幻觉，幻觉的存在也是一种存在。要调解这冲突，起码得承认现实是一种寄寓，或则像李白认定自己是"天上谪仙人"，现世的生活便成为他的流寓了。"万物生于有，有生于无。"庄子仿佛说：

那"无"处便是我们真正的故乡。他苦的是不能忘情于他的故乡。"旧国旧都,望之怅然"是人情之常。纵使故乡是在时间以前,空间以外的一个缥缈极了的"无何有之乡",谁能不追忆,不怅望?何况羁旅中的生活又是那般龌龊、逼仄、孤凄、烦闷?

> 悲歌可以当泣,远望可以当归。

庄子的著述,与其说是哲学,毋宁说是客中思家的哀呼;他运用思想,与其说是寻求真理,毋宁说是眺望故乡,咀嚼旧梦。他说:"卮言日出,和以天倪,因以曼衍,所以穷年。"一种客中百无聊赖的情绪完全流露了。他这思念故乡的病意,根本是一种浪漫的态度,诗的情趣。并且因为他钟情之处,"大有径庭,不近人情",太超忽,太神秘,广大无边,几乎令人捉摸不住,所以浪漫的态度中又充满了不可逼视的庄严。是诗便少不了那一个哀艳的"情"字。"三百篇"是劳人思妇的情;屈宋是仁人志士的情;庄子的情可难说了,只超人才载得住他那种神圣的客愁。所以庄子是开辟以来最古怪最伟大的一个情种;若讲庄子是诗人,还不仅是泛泛的一个诗人。

或许你要问:《庄子》的思致诚然是美,可是那一种精深的思想不美呢?怎见得《庄子》便是文学?你说他的趣味分明是理智的冷艳多于情感的温馨,他的姿态也是瘦硬多于柔腻,那只算得思想的美,不是情绪的美。不错。不过你能为我指出思想与情绪的分界究竟在哪里吗?唐子西在惠州给各种酒取名字,温和的叫作"养生主",劲烈的叫作"齐物论"。他真是善于饮酒,又善于读《庄子》。《庄子》会使你陶醉,正因为那里边充满了和煦的、郁蒸的、焚灼的各种温度的情绪。向来一切伟大的文学和伟大的哲学是不分彼此的。你若看不出《庄子》的文学,只因他的神理太高,你骤然体验不到。

又恐琼楼玉宇,高处不胜寒。

是就下界的人们讲的,你若真是隶籍仙灵,何至有不胜寒的苦头?并且文学是要和哲学不分彼此,才庄严,才伟大。哲学的起点便是文学的核心。只有浅薄的、庸琐的、渺小的文学,才专门注意花叶的美茂,而忘掉了那最原始、最宝贵的类似哲学的仁子。无论《庄子》的花叶已经够美茂的了,即令他没有发展到花叶,只他那简单的几颗仁子,给投在文学的园地上,便是莫大的贡献,无量的功德。

## 三

讲到文辞,本是庄子的余事,但也就够人赞叹不尽的,讲究辞令的风气,我们知道,春秋时早已发育了;战国时纵横家以及孟轲荀卿韩非李斯等人的文章也够好了，但充其量只算得辞令的极致，一种纯熟的工具，工具的本身难得有独立的价值。庄子可不然，到他手里，辞令正式蜕化成文学了。他的文字不仅是表现思想的工具，似乎也是一种目的。对于文学家庄子的认识，老早就有了定案。《天下篇》讨论其他诸子，只讲思想，谈到庄周，大半是评论文辞的话。

> 以谬悠之说，荒唐之言，无端崖之辞，时恣纵而傥，不以觭见之也。以天下为沉浊，不可与庄语，以卮言为曼衍，以重言为真，以寓言为广。……其书虽瑰玮，而连犿无伤也；其辞虽参差，而淑诡可观。……其理不竭，其来不蜕，芒乎昧乎，未之尽者。

这可见庄子的文学色彩，在当时已瞒不过《天下篇》作者的注意（假如《天下篇》是出于庄子自己的手笔，他简直以文学家自居了），至于后世的文人学者，每逢提到庄子，谁不一唱三叹的颂扬他的文辞？高似孙说他：

> 极天之荒，穷人之伪，放肆迤演，如长江大河，滚滚灌注，泛滥乎天下；又如万籁怒号，澎湃汹涌，声沉影灭，不可控抟。

赵秉忠把他和列子并论,说他们:

> 摘而为文,穷造化之姿态,极生灵之辽广,剖神圣之渺幽,探有无之隐赜……
> 呜呼!天籁之鸣,风水之运,吾靡得覃其奇矣!

凌约言讲得简括而尤其有意致:

> 庄子如神仙下世,咳吐谑浪,皆成丹砂。

读《庄子》,本分不出哪是思想的美,哪是文字的美。那思想与文字,外型与本质的极端的调和,那种不可捉摸的浑圆的机体,便是文章家的极致;只那一点,便足注定庄子在文学中的地位。朱熹说庄子"是他见得方说到",一句极平淡极敷泛的断语,严格的讲,古今有几个人当得起?其实在庄子,"见"与"说"之间并无因果的关系,那譬如一面花,一面字,原来只是一颗钱币。世界本无所谓真纯的思想,除了托身在文学里,思想别无存在的余地;同时,是一个字,便有它的涵义,文字等于是思想的躯壳,然而说来又觉得矛盾,一拿单字连缀成文章,居然有了缺乏思想的文字,或文字表达不出的思想。比方我讲自然现象中有一种无光的火,或无火的光,你肯信吗?在人工的制作里确乎有那种文字与思想不碰头的偏枯的现象，不是辞不达意，便是辞浮于理。我们且不讲言情的文，或状物的文。言情状物要作到文辞与意义兼到，固然不容易，纯粹说理的文做到那地步尤其难，几乎不可能。也许正因那是近乎不可能的境地，有人便要把说理文根本排出文学的范围外，那真是和狐狸吃不着葡萄，说葡萄酸一样的可笑。要反驳那种谬论，最好拿《庄子》给他读。即使除了庄子，你抬不出第二位证人来，那也不妨。就算庄子造了一件灵异的奇迹，一件化工罢了——就算庄子是单身匹马给文学开拓了一块新领土，也无不可。读《庄子》的人，定知道那是多层的愉快。你正在惊异那思想的奇警，在那踌躇的当儿，忽然又发觉一件事，你问那精微奥妙的思想何以竟有那样凑巧的，曲达圆妙的辞句来表现它，你更惊异，再定神一看，又不知道哪是思想哪是文字了，也许什么也不是，而是经过化合作用的第三种东西，于是你尤其惊异。这应接不暇的惊异，便使你加倍的愉快，乐不可支。这境界，无论如何，在庄子以前，绝对找不到，以后，遇着的机会确实也不多。

## 四

如果你要的是纯粹的文学，在庄子那素净的说理文的背景上，也有着你看不完的花团锦簇的点缀——断素，零纨，珠光，剑气，鸟语，花香——诗，赋，传奇，小说，种种的原料，尽够你欣赏的，采撷的。这可以证明如果庄子高兴做一个通常所谓的文学家，他不是不能。

他是一个抒情的天才。宋祁、刘辰翁、杨慎等极赏的：

> 送君者皆自崖而返，君自此远矣！

果然是读了"令人萧寥有遗世之意"。《则阳篇》也有一段极有情致的文字：

> 旧国旧都，望之畅然，虽使丘陵草木之缗，入之者十九，犹之畅然，况见见闻闻者也？以十仞之台悬众间者也？

明人吴世尚曰："《易》之妙妙于象，《诗》之妙妙于情；《老》之妙得于易，《庄》之妙得于诗。"这里果然是一首妙绝的诗——外形同本质都是诗：

> 天其运乎？地其处乎？日月其争于所乎？孰主张是？孰维纲是？孰居无事推而行是？意者其有机缄而不得已邪？意者其运转而不能自止邪？云者为雨乎？雨者为云乎？孰隆施是？孰居无事淫乐而劝是？风起北方，一西一东，有上彷徨——孰嘘吸是？孰居无事而披拂是？

这比屈原的《天问》何如？欧阳修说，"参差奇诡而近于物情，兴者比者俱不能得其仿佛也"，只讲对了作者的一种"百战不许持寸铁"的妙技，至于他那越世高谈的神理，后世除了李白，谁追上他的踪尘？李白仿这意思作了一首《日出入行》，我们也录来看看：

> 日出东方隈，似从地底来，历天又入海，六龙所舍安在哉？其始与终古不息，人非元气安得与之久徘徊！草不谢荣于春风，木不怨落于秋天。谁挥鞭策驱四运？万物兴歇皆自然……

古来最善解《庄子》的莫如宋真宗。张端义《贵耳集》载着一件轶事，说他，"宴近臣，语及《庄子》《忽命》《秋水》至则翠鬟绿衣，一小女童，诵《秋水》一篇"。这真是一种奇妙批评《庄子》的方法。清人程庭鹭说，"向秀郭象应逊此女童全具《南华》神理"。所谓"神理"正指诗中那种最飘忽的，最高妙的抒情的趣味。

庄子又是一位写生的妙手。他的观察力往往胜过旁人百倍，正如刘辰翁所谓"不随人观物，故自有见"。他知道真人"凄然似秋，煖然似春"或则"尸居而龙见，渊默而雷声"。他知道"生物之以息相吹"；他形容马"喜则交颈相靡，怒则分背相踶"；又看见"泽雉十步一啄，百步一饮"。他又知道，"槐之生也，入季春五日而兔目，十日而鼠耳，更旬而始规，二旬而叶成"。一部《庄子》中，这类的零星的珍玩，搜罗不尽。可是能刻画具型的物件，还不算一回事，风是一件不容易描写的东西，你看《齐物论》里有一段奇文：

夫大块噫气，其名为风，是唯无作，作则万窍怒号。而独不闻之翏翏乎？山林之畏佳，大木百围之窍穴——似鼻，似口，似耳，似枅，似圈，似臼，似洼者，似污者——激者，谪者，叱者，吸者，叫者，譹者，宎者，咬者，前者唱于而随者唱喁，泠风则小和，飘风则大和，厉风济、则众窍为虚，而独不见之调调之刁刁乎？

注意那写的是风的自身，不像著名的宋玉（？）《风赋》只写了风的表象。

## 五

讨论庄子的文学，真不好从那里讲起，头绪太多了，最紧要的例如他的谐趣，他的想象；而想象中，又有怪诞的，幽渺的，新奇的，秾丽的各种方向，有所谓"建设的想象"，有幻想；就谐趣讲，也有幽默，诙谐，讽刺，谑弄等等类别。这些其实都用得着专篇的文字来讨论，现在我们只就他的寓言连带的谈谈。

寓言本也是从辞令演化来的，不过庄子用得最多，也最精；寓言成为一种文艺，是从庄子起的。我们试想《桃花源记》《毛颖传》等作品对于中国文学的贡献，便明了庄子的贡献。往下再不必问了，你可以一直推到《西游记》《儒林外史》等等，都可以说是庄子的赐予。《寓言篇》明讲"寓言十九"。一部《庄子》几乎全是寓言，我们暂时无需举例。此刻急待解决的，倒是何以庄子的寓言便是文学。讲到这里，我只提到前面提出的谐趣与想象两点，你便恍然了；因为你知道那两种质素在文艺作品中所占的位置，尤其在中国文学中，更是那样凤毛麟角似的珍贵。若不是充满了他那隽永的谐趣，奇肆的想象，庄子的寓言当然和晏子，孟子以及一般游士说客的寓言，没有区别。谐趣和想象打成一片，设想愈奇幻，趣味愈滑稽，结果便愈能发人深省——这才是庄子的寓言。

> 有国于蜗之左角者，曰触氏，有国于蜗之右角者曰蛮氏，时相与争地而战。伏尸数万，逐北，旬有五日而后反。今之大冶铸金，金踊跃曰"我必且为镆铘"，大冶必以为不祥之金，今一犯人之形，而曰："人耳，人耳！"夫造化者，必以为不祥之人。

庄子的寓言竟有快变成唐宋人的传奇的。他的"母题"固在故事所象征的意义，然而对于故事的本身——结构、描写、人格的分析，"氛围"的布置，……他未尝不感觉兴味。

> 儒以诗礼发冢，大儒胪传曰："东方作矣，事之何若？"小儒曰："未解裙襦，口中有珠。《诗》固有之，曰：'青青之麦，生于陵陂，生不布施，死何含珠为！'""接其鬓，压其颡，儒以金椎控其颐，徐别其颊，无伤口中珠。"……

以及叙庖丁解牛时的细密的描写，还有其他的许多例，都足见庄子那小说家的手腕。至于书中各种各色的人格的研究，尤其值得注意，藐姑射山的神人，支离疏，庖丁，庚桑楚，都是极生动，极有个性的人物。

> 支离疏者，颐隐于脐，肩高于顶，会撮指天，五管在上，两髀为胁；挫针治繲，足以餬口，鼓笑播精，足以食十人。上征武士，则支离攘臂而游于其间；上有大役，则支离以有常疾不受功；上与病者粟，则受三钟与十束薪。

文中之支离疏，画中的达摩，是中国艺术里最特色的两个产品。正如达摩是画中有诗，文中也常有一种"清丑人图画，视之如古铜古玉[①]"的人物，都代表中国艺术中极高古、极纯粹的境界；而文学中这种境界的开创者，则推庄子。诚然《易经》的"载鬼一车"，《诗经》的"牂羊坟首"早已开创了一种荒怪丑恶的趣味，但没有庄子用得多而且精。这种以丑为美的兴趣，多到庄子那程度，或许近于病态；可是谁知道，文学不根本便犯着那嫌疑呢！并且庄子也有健全的时候。

> 藐姑射之山，有神人居焉，肌肤若冰雪，淖约若处子，不食五谷，吸风饮露，乘云气，御飞龙，而游乎四海之外，其神凝，使物不疵疠，而年谷熟。……之人也，物莫之伤，大浸稽天而不溺，大旱金石流，土山焦而不热。

讲健全有能超过这样的吗？单看"肌肤若冰雪"一句，我们现在对于最高超也是最健全的美的观念，何尝不也是二千年前庄子给定下的标准？其实我们所谓健全不是庄子的健全，我们讲的是形骸，他注重的是精神。叔山无趾"犹有尊足者存"，王骀"且不知耳目之所宜，而游心于法之和，物视其所一，而不见其所丧，视丧其足，犹遗土也"。庄子自有他所谓的健全，似乎比我们的眼光更高一等。即令退一百步讲，认定

---

① 语见龚自珍《书金伶》。

**精神**不能离开形骸而单独存在;那么,你又应注意,庄子的病态中是带着几分诙谐的,因此可以称为病态,却不好算作堕落。

# 孟浩然

当年孙润夫家所藏王维画的孟浩然像，据《韵语阳秋》的作者葛立方说，是个很不高明的摹本，连所附的王维自己和陆羽、张洎等三篇题识，据他看，也是一手摹出的。葛氏的鉴定大概是对的，但他并没有否认那"俗工"所据的底本——即张洎亲眼见到的孟浩然像，确是王维的真迹。这幅画，据张洎的题识说：

> 虽轴尘缣古，尚可窥览。观右丞笔迹，穷极神妙。襄阳之状颀而长，峭而瘦，衣白袍，靴帽重戴，乘款段马——一童总角，提书笈负琴而从——风仪落落，凛然如生。

这在今天，差不多不用证明，就可以相信是逼真的孟浩然。并不是说我们知道浩然多病，就可以断定他当瘦。实在经验告诉我们，什九人是当如其诗的。你在孟浩然诗中所意识到的诗人那身影，能不是"颀而长，峭而瘦"的吗？连那件白袍，恐怕都是天造地设，丝毫不可移动的成分。白袍靴帽固然是"布衣"孟浩然分内的装束，尤其是诗人孟浩然必然的扮相。编《孟浩然集》的王士源应是和浩然很熟的人，不错，他在序文里用来开始介绍这位诗人的"骨貌淑清，风神散朗"八字，与夫陶翰《送孟六入蜀序》所谓"精朗奇素"，无一不与画像的精神相合，也无一不与孟浩然的诗境一致。总之，诗如其人，或人就是诗，再没有比孟浩然更具体的例证了。

张祜曾有过"襄阳属浩然"之句，我们却要说：浩然也属于襄阳。也许正惟浩然是属于襄阳的，所以襄阳也属于他。大半辈子岁月在这里度过，大多数诗章是在这地方，因这地方，为这地方而写的。没有第二个襄阳人比孟浩然更忠于襄阳，更爱襄阳的。晚年漫游南北，看过多少名胜，到头还是：

山水观形胜，襄阳美会稽。

实在襄阳的人杰地灵，恐怕比它的山水形胜更值得人赞美。从汉阴丈人到庞德公，多少令人神往的风流人物，我们简直不能想象一部《襄阳耆旧传》对于少年的孟浩然是何等深厚的一个影响。了解了这一层，我们才可以认识孟浩然的人，孟浩然的诗。

隐居本是那时代普遍的倾向，但在旁人仅仅是一个期望，至多也只是点暂时的调济，或过期的赔偿，在孟浩然却是一个完完整整的事实。在构成这事实的复杂因素中，家乡的历史地理背景,我想,是很重要的一点。

在一个乱世,例如庞德公的时代,对于某种特别性格的人,入山采药,一去不返,本是唯一的出路。但生在"开元全盛日"的孟浩然,有那必要吗?然则为什么三番两次朋友伸过援引的手来,都被拒绝,甚至最后和本州采访使韩朝宗约好了一同入京,到头还是喝得酩酊大醉,让韩公等烦了,一赌气独自先走了呢?正如当时许多有隐士倾向的读书人,孟浩然原来是为隐居而隐居,为着一个浪漫的理想,为着对古人的一个神圣的默契而隐居。在他这回,无疑的那成立默契的对象便是庞德公。孟浩然当然不能为韩朝宗背弃庞公。鹿门山不许他,他自己家园所在,也就是"庞公栖隐处"的鹿门山,决不许他那样做。

> 鹿门月照开烟树,忽到庞公栖隐处,岩扉松径长寂寥,惟有幽人自来去。

这幽人究竟是谁?庞公的精灵,还是诗人自己?恐怕那时他自己也分辨不出,因为心理上他早与那位先贤同体化了。历史的庞德公给了他启示,地理的鹿门山给了他方便,这两项重要条件具备了,隐居的事实便容易完成得多了。实在,鹿门山的家园早已使隐居成为既成事实,只要念头一转,承认自己是庞公的继承人,此身便俨然是《高士传》中的人物了。总之,是襄阳的历史地理环境促成孟浩然一生老于布衣的。孟浩然毕竟是襄阳的孟浩然。

我们似乎为奖励人性中的矛盾，以保证生活的丰富，几千年来一直让儒道两派思想维持着均势，于是读书人便永远在一种心灵的僵局中折磨自己，巢由与伊皋，江湖与魏阙，永远矛盾着，冲突着，于是生活便永远不谐调，而文艺也便永远不缺少题材。矛盾是常态，愈矛盾则愈常态。今天是伊皋，明天是巢由，后天又是伊皋，这是行为的矛盾。当巢由时向往着伊皋，当了伊皋，又不能忘怀于巢由，这是行为与感情间的矛盾。在这双重矛盾的夹缠中打转，是当时一般的现象。反正用诗一发泄，任何矛盾都注销了。诗是唐人排解感情纠葛的特效剂，说不定他们正因有诗作保障，才敢于放心大胆的制造矛盾，因而那时代的矛盾人格才特别多。自然，反过来说，矛盾愈深愈多，诗的产量也愈大了。孟浩然一生没有功名，除在张九龄的荆州幕中当过一度清客外，也没有半个官职，自然不会发生第一项矛盾问题。但这似乎就是他的一贯性的最高限度。因为虽然身在江湖，他的心并没有完全忘记魏阙。下面不过是许多显明例证中之一：

  欲济无舟楫，端居耻圣明，坐观垂钓者，徒有羡鱼情。

然而"羡鱼"毕竟是人情所难免的，能始终仅仅"临渊羡

鱼",而并不"退而结网",实在已经是难得的一贯了。听李白这番热情的赞叹,便知道孟浩然超出他的时代多么远:

> 吾爱孟夫子,风流天下闻,红颜弃轩冕,白首卧松云,醉月频中圣,迷花不事君,高山安可仰,徒此挹清芬。

可是我们不要忘记矛盾与诗的因果关系,许多诗是为给生活的矛盾求统一,求调和而产生的。孟浩然既免除了一部分矛盾,对于他,诗的需要便当减少了。果然,他的诗是不多,量不多,质也不多。量不多,有他的同时人作见证,杜甫讲过的:"吾怜孟浩然……赋诗虽不多,往往凌鲍谢。"质不多,前人似乎也早已见到。苏轼曾经批评他:"韵高而才短,如造内法酒手,而无材料。"这话诚如张戒在《岁寒堂诗话》里所承认的,是说尽了孟浩然,但也要看才字如何解释。才如果是指才情与才学二者而言,那就对了,如果专指才学,还算没有说尽。情当然比学重要得多。说一个人的诗缺少情的深度和厚度,等于说他的诗的质不够高。孟浩然诗中质高的有是有些,数量总是太少。"气蒸云梦泽,波撼岳阳城"式的和"微云淡河汉,疏雨滴梧桐"式的句子,在集中几乎都找不出第二个例子。论前者,质和量当然都不如杜甫,论后者,至少在量上不如王维。甚至"不材明主弃,多病故人疏",质量都不如刘长

卿和十才子。这些都不是真正的孟浩然。真孟浩然不是将诗紧紧的筑在一联或一句里,而是将它冲淡了,平均的分散在全篇中:

> 出谷未停午,到家日已曛。回瞻下山路,但见牛羊群。樵子暗相失,草虫寒不闻。衡门犹未掩,伫立望夫君。

甚至淡到令你疑心到底有诗没有:

> 垂钓坐盘石,水清心亦闲。鱼行潭树下,猿挂岛藤闲。游女昔解佩,传闻于此山,求之不可得,沼月耀歌还。

淡到看不见诗了,才是真正孟浩然的诗,不,说是孟浩然的诗,倒不如说是诗的孟浩然,更为准确。在许多旁人,诗是人的精华,在孟浩然,诗纵非人的糟粕,也是人的剩余。在最后这首诗里,孟浩然几曾做过诗?他只是谈话而已。甚至要紧的还不是那些话,而是谈话人的那副"风神散朗"的姿态。读到"求之不可得,沼月耀歌还",我们得到一如张洎从画像所得到的印象,"风仪落落,凛然如生"。得到了象,便可以忘言,得到了"诗的孟浩然"便可以忘掉"孟浩然的诗"了。这是我们前面所提到的"诗如其人"或"人就是诗"的另一解释。

超过了诗也好，够不上诗也好，任凭你从环子的那一点看起。反正除了孟浩然，古今并没有第二个诗人到过这境界。东坡说他没有才，东坡自己的毛病，就在才太多。

庄子笑曰："周将处乎材与不材之间。材与不材之间，似之而非也，故未免乎累。"

谁能了解庄子的道理，就能了解孟浩然的诗，当然也得承认那点"累"。至于"似之而非"，而又能"免乎累"，那除陶渊明，还有谁呢？

# 杜 甫

## 引言

明吕坤曰:"史在天地,如形之景。人皆思其高曾也,皆愿睹其景。至于文儒之士,其思书契以降之古人,尽若是已矣。"数千年来的祖宗,我们听见过他们的名字,他们生平的梗概,我们仿佛也知道一点,但是他们的容貌,声音,他们的性情,思想,他们心灵中的种种隐秘——欢乐和悲哀,神圣的企望,庄严的愤慨,以及可笑亦复可爱的弱点或怪癖……我们全是茫然。我们要追念,追念的对象在那里?要仰慕,仰慕的目标是什么?要崇拜,向谁施礼?假如我们是肖子肖孙,我们该怎样的悲恸,怎样的心焦!

看不见祖宗的肖像,便将梦魂中迷离恍惚的,捕风捉影,摹拟出来,聊当瞻拜的对象——那也是没有办法的慰情的办法。我给诗人杜甫绘这幅小照,是不自量,是亵渎神圣,我都承认。因此工作开始了,马上又搁下了。一搁搁了三年,依然死不下心去,还要赓续,不为别的,只还是不奈何那一点"思其高曾,愿睹其景"的苦衷罢了。

像我这回捐起的工作，本来应该包括两层步骤，第一是分析，第二是综合。近来某某考证，某某研究，分析的工作做的不少了；关于杜甫，这类的工作，据我知道的却没有十分特出的成绩。我自己在这里偶尔虽有些零星的补充，但是，我承认，也不是什么大发现。我这次简直是跳过了第一步，来径直做第二步；这样作法，是不会有好结果的，自己也明白。好在这只是初稿，只要那"思其高曾，愿睹其景"的心情不变，永远那样的策励我，横竖以后还可以随时搜罗，随时拼补。目下我决不敢说，这是真正的杜甫，我只说是我个人想象中的"诗圣"。

我们的生活如今真是太放纵了，太夸妄了，太杳小了，太龌龊了。因此我不能忘记杜甫，有个时期，华茨华斯也不能忘记弥尔敦，他喊——

"Milton！ thou shouldst be living at this hour：

England hath need of thee：she is a fen

Of stagnant waters：alter，sword，and pen，

Fireside，the heroic wealth of hall and bower,

Have for feited their ancient English dower

Of inward happiness，we are selfish men：

O raise us up，return to us again；

And give us manners，virtue，freedom，power."

一

当中一个雄壮的女子跳舞。四面围满了人山人海的看客。内中有一个四龄童子，许是骑在爸爸肩上，歪着小脖子，看那舞女的手脚和丈长的彩帛渐渐摇起花来了，看着，看着，他也不觉眉飞目舞，仿佛很能领略其间的妙绪。他是从巩县特地赶到郾城来看跳舞的。这一回经验定给了他很深的印象。下面一段是他几十年后的回忆：

> 燿如羿射九日落，矫如群帝骖龙翔，来如雷霆收震怒，罢如江海凝清光。

舞女是当代名满天下的公孙大娘。四岁的看客后来便成为中国有史以来第一个大诗人，四千年文化中最庄严，最瑰丽，最永久的一道光彩。四岁时看的东西，过了五十多年，还能留下那样活跃的印象，公孙大娘的艺术之神妙，可以想见，然而小看客的感受力，也就非凡了。

杜甫，字子美；生于唐睿宗先天元年（712）；原籍襄阳，曾祖依艺作河南巩县县令，便在巩县住家了。子美幼时的事迹，我们不大知道。我们知道的，是他母亲死得早，他小时是寄养在姑母家里。他自小就多病。有一天可叫姑母为难了。

儿子和侄儿都病着，据女巫说，要病好，病人非睡在东南角的床上不可；但是东南角的床铺只有一张，病人却有两个。老太太居然下了决心，把侄儿安顿在吉利的地方，叫自家的儿子填了侄儿的空子。想不到决心下了，结果就来了。子美长大了，听见老家人讲姑母如何让表兄给他替了死，他一辈子觉得对不起姑母。

早慧不算希奇；早慧的诗人尤其多着。只怕很少的诗人开笔开得像我们诗人那样有重大的意义。子美第一次破口歌颂的，不是什么凡物。这"七龄思即壮，开口咏凤凰"的小诗人，可以说，咏的便是他自己。禽族里再没有比凤凰善鸣的，诗国里也没有比杜甫更会唱的。凤凰是禽中之王，杜甫是诗中之圣，咏凤凰简直是诗人自古的预言。从此以后，他便常常以凤凰自比（《凤凰台》《赤凤行》便是最明白的表示）；这种比拟，从现今这开明的时代看去，倒有一种特别恰当的地方。因为谈论到这伟大的人格，伟大的天才，谁不感觉寻常文字的无效？不，无效的还不只文字，你只顾呕尽心血来悬拟，揣测，总归是隔膜，那超人的灵府中的秘密，他的心情，他的思路，像宇宙的谜语一样，决不是寻常的脑筋所能猜透的。你只懂得你能懂的东西；因此，谈到杜甫，只好拿不可思议的比不可思议的。凤凰你知道是神话，是子虚，是不可能。可是杜甫那伟大的人格，伟大的天才，你定神一想，可不是太伟大了，伟大得可疑吗？上下数千年没有第二个杜甫（李白有他的天才，没有他的人格），你敢信杜甫的存在绝对可靠吗？一切的神灵和类似神灵的人物都有人疑过，荷马有人疑过，莎士比亚有人疑过，杜甫失了被疑的资格，只因文献，史迹，种种不容抵赖的铁证，一五一十，都在我们手里。

　　子美自弱冠以后，直到老死，在四方奔波的时候多，安心求学的机会很少。若不是从小用过一番苦功，这诗人的学力那得如此的雄厚？生在书香门第，家境即使贫寒，祖藏的书籍总还够他餍饫的。从七八岁到弱冠的期间中，我们想象子美的生活，最主要的，不外作诗，作赋，读书，写擘窠大字……无论如何，闲游的日子总占少数。（从七岁以后，据他自称，四十年中做了一千多首诗文；一千多首作品是那时候作的。）并且多病的身体当不起剧烈的户外生活，读书学文便自然成了唯一的消遣。他的思想成熟得特别早，一半固由于天赋，一半大概也是孤僻的书斋生活酿成的。在书斋里，他自有他的世界。他的世界是时间构成的，沿着时间的航线，上下三四千年，来往的飞翔，他沿路看见的都是圣贤，豪杰，忠臣，孝子，骚人，逸士——都是魁梧奇伟，温馨凄艳的灵魂。久而久之，他定觉得那些庄严灿烂的姓名，和生人一般的实在，而且渐渐活现起来了，于是他看得见古人行动的姿态，听得到古人歌哭的声音。甚至他们还和他揖让周旋，上下议论；他成了他们其间的一员。于是他只觉得自己和寻常的少年不同，他几乎是历史中的人物，他和古人的关系比和今人的关系密切多了。他是在时间里,不是在空间里活着。他为什么不那样想呢?这些古人不是在他心灵里活动,血脉里运行吗?他的身体不是从这些古人的身体分泌出来的吗?是的,那政事,武功,学术震耀一时的儒将杜预便是他的十三世祖;那宣言"吾文章当得屈宋作衙官,吾笔当得王羲之北面"的著名诗人杜审言,便是他的祖父;他的叔父杜升是个为报父仇而杀身的十三岁的孝子;他的外祖母便是张说所称的那为监牢中的父亲"菲屦布衣,往来供馈,徒行颜色,伤动人伦"的孝女;他外祖母的兄弟,崔行芳,曾经要求给二哥代死,没有诏准,就同哥哥一起就刑了,当时称为"死悌"。你看他自己家里,同外家里,事业,文章,孝行,友爱,——立德,立功,立言的人物这样多;他翻开近代的史乘,等于翻开自己的家谱。这样读书,对于一个青年的身心,潜移默化的影响,定是不可限量的。难怪一般的少年,他瞧不上眼。他是一个贵族,不但在族望上,便论德行和智慧,他知道,也应该高人一等。所以他的朋友,除了书本里的古人,就是几个有文名的老前辈。要他同一般行辈相等的庸夫俗子混在一起,是办不到的。看看这一段文字,便可想见当时那不可一世的气概:

性豪业嗜酒,嫉恶怀刚肠;脱略小时辈,结交皆老苍,饮酣视八极,俗物皆茫茫。

子美所以有这种抱负，不但因为他的血缘足以使他自豪，也不仅仅是他不甘自暴自弃；这些都是片面的，次要的理由。最要紧的，是他对于自己的成功，如今确有把握了。崔尚，魏启心一般的老前辈都比他作班固，扬雄；他自己仿佛也觉得受之无愧。十四五岁的杜二，在翰墨场中，已经是一个角色了。

　　这时还有一件事也可以增长一个人的兴致。从小摆不脱病魔的纠缠，如今摆脱了。这件事竟许是最足令人开心的。因为毕竟从前那种幽闭的书斋生活不大自然；只因一个人缺欠了健康，身体失了自由，什么都没有办法。如今健康恢复了，有了办法，便尽量的追回以前的积欠，当然是不妨的，简直是应该的。譬如院子里那几棵枣树，长得比什么树都古怪，都有精神，枝子都那样剑拔弩张的挺着，仿佛全身都是劲。一个人如今身体强了，早起在院子里走走，往往也觉得浑身是劲，忽然看见它们那挑衅的样子，恨不得拣一棵抱上去，和它摔一交，决个雌雄。但是想想那举动又未免太可笑了。最好是等八月来，枣子熟了，弟妹们只顾要枣子吃；枣子诚然好吃，但是当哥哥的，尤其筋强力壮的哥哥，最得意的，不是吃枣子，是在那给弟妹们不断的供应枣子的任务。用竹篙子打枣子还不算本领。哥哥有本领上树，不信他可以试给他们看看。上树要上到最高的枝子，又得不让枣刺轧伤了手，脚得站稳了，还不许踩断了树枝；然后躲在绿叶里，一把把的洒下来，金黄色的，朱砂色的，红黄参半的枣子，花花刺刺的洒将下来，得让孩们抢都抢不赢。上树的技术练高了,一天可以上十来次,棵棵树都要上到。最有趣的,是在树顶上站直了,往下一望,离天近,离地远,一切都在脚下,呼吸也轻快了,他忍不住大笑一声;那笑里有妙不可言的胜利的庄严和愉快。便是游戏,一个人的地位也要站得超越一点,才不愧是杜甫。

健康既经恢复了,年龄也渐渐大了,一个人不能老在家乡守着。他得看看世界。并且单为自己创作的前途打算,多少通都广邑,名山大川,也不得不瞻仰瞻仰。

## 二

大约在20岁左右,诗人便开始了他的飘流的生活。三十五以前,是快意的游览,(仍旧用他自己的比喻)便像羽翮初满的雏凤,乘着灵风,踏着彩云,往蒙蒙的长空飞去,他胁下只觉得一股轻松,到处有竹实,有醴泉,他的世界是清鲜,是自由,是无垠的希望,和薛雷的云雀一般,他是

An unbodied joy whose race is just begun.

三十五以后,风渐渐尖峭了,云渐渐恶毒了,铅铁的穹窿在他背上逼压着,太阳也不见了,他在风雨雷电中挣扎,血污的翎羽在空中缤纷的旋舞,他长号,他哀呼,唱得越急切,节奏越神奇,最后声嘶力竭,他卸下了生命,他的挫败是胜利的挫败,神圣的挫败。他死了,他在人类的记忆里永远留下了一道

不可逼视的白光；他的音乐，或沉雄，或悲壮，或凄凉，或激越，永远，永远是在时间里颤动着。

子美第一次出游是到晋地的郇瑕（今山西猗氏县），在那边结交的人物，我们知道的，有韦之晋。此后，在35岁以前，曾有过两次大举的游历：第一次到吴越，第二次到齐赵。两度的游历，是诗人创作生活上最需要的两种精粹而丰富的滋养。在家乡，一切都是单调，平凡，青的天笼盖着黄的地，每隔几里路，绿杨藏着人家，白杨翳着坟地，分布得驿站似的呆板。土人的生活也和他们的背景一样的单调。我们到过中州的人都知道那是个什么样的去处；大概从唐朝到现在是不会有多少进步的。从那样的环境，一旦踏进山明水秀的江南，风流儒雅的江南，你可以想象他是怎样的惊喜。我们还记得当时和六朝，好比今天和昨日；南朝的金粉，王谢的风流，在那里当然还留着够鲜明的痕迹。江南本是六朝文学总汇的中枢，他读过鲍谢江沉阴何的诗，如今竟亲历他们歌哭的场所，他能不感动吗？何况重重叠叠的历史的舞台又在他眼前，剑池，虎邱，姑苏台，长洲苑，太伯的遗庙，阖闾的荒冢，以及钱塘，剡溪，鉴湖，天姥——处处都是陈迹，名胜，处处都足以促醒他的回忆，触发他的诗怀。我们虽没有他当时纪游的作品，但是诗人的得意是可以猜到的。美中不足的只是到了姑苏，船也办好了，都没有浮着海。仿佛命数注定了今番只许他看到自然的秀丽，清新的面相；长洲的荷香，镜湖的凉意，和明眸皓齿的耶溪女……都是他今回的眼福；但是那瑰奇雄健的自然，须得等四五年后游齐赵时，才许他见面。

在叙述子美第二次出游以前，有一件事颇有可纪念的价值，虽则诗人自己并不介意。

唐代取士的方法分三种——生徒，贡举，制举。已经在京师各学馆，或州县各学校成业的诸生，送来尚书省受试的，名曰生徒；不从学校出身，而先在州县受试，及第了，到尚书省应试的，名曰贡举。以上两种是选士的常法。此外，每多少年，天子诏行一次，以举非常之士，便是制举。开元二十三年（七三六）子美游吴越回来，挟着那"气劘屈贾垒，目短曹刘墙"的气焰应贡举，县试成功了，在京兆尚书省一试，却失败了。结果没有别的，只是在够高的气焰上又加了一层气焰。功名的纸老虎如今被他戳穿了。果然，他想，真正的学问，真正的人才，是功名所不容的。也许这次下第，不但不能损毁，反足以抬高他的身价。可恨的许只是落第落在名职卑微的考功郎手里，未免叫人丧气。当时士林反对考功郎主试的风潮酝酿得一天比一天紧，在子美"忤下考功第"的明年，果然考功郎吃了举人的辱骂，朝廷从此便改用侍郎主试。

子美下第后八九年之间，是他平生最快意的一个时期，游历了许多名胜，接交了许多名流。可惜那期间是他命运中的朝曦，也是夕照，那几年的经历是射到他生命上的最始和最末的一道金辉；因为从那以后，世乱一天天的纷纭，诗人的生活一天天的潦倒,直到老死,永远闯不出悲哀,恐怖和绝望的环攻。但是末路的悲剧不忙提起,我们的笔墨不妨先在欢笑的时期多留连一会儿,虽则悲惨的下文早晚是要来的。

开元二十四五年之间,子美的父亲——闲——在兖州司马任上,子美去省亲,乘便游历了兖州,齐州一带的名胜,诗人的眼界于是更加开扩了。这地方和家乡平原既不同,和秀丽的吴越也两样。根据书卷里的知识,他常常想见泰山的伟大和庄严,但是真正的岱岳,那"造化钟灵秀,阴阳割昏晓"的奇观,他没有见过。这边的湍流,峻岭,丰草,长林都另有一种他最能了解,却不曾认识过的气魄。在这里看到的,是自然的最庄严的色相。唯有这边自然的气势和风度最合我们诗人的脾胃,因为所有磅礴郁结在他胸中的,自然已经在这景物中说出了;这里一丘一壑,一株树,一朵云,都能引起诗人的共鸣。他在这里句留了多年,直变成了一个燕赵的健儿;慷慨悲歌,沉郁顿挫的杜甫,如今发现了他的自我。过路的人往往看见一行人马,带着弓箭旗枪,驾着雕鹰,牵着猎狗,望郊野奔去。内中头戴一顶银盔,脑后斗大一颗红缨,全身铠甲,跨在马上的,便是监门胄曹苏预(后来避讳改名源明)。在他左首并辔而行的,装束略微平常,双手横按着长槊,却也是英风爽爽的一个丈夫,便是诗人杜甫。两个少年后来成了极要好的朋友。这回同着打猎的经验,子美永远不能忘记,后来还供给了《壮游》诗一段有声有色的文字:

春歌丛台上，冬猎青邱旁；呼鹰皂枥林，逐兽云雪岗；射飞曾纵鞚，引臂落鹙鸧。苏侯据鞍喜，忽如携葛强。

原来诗人也学得了一手好武艺！

这时的子美，是生命的焦点，正午的日曜，是力，是热，是锋棱，是夺目的光芒。他这时所咏的《房兵曹胡马》和《画鹰》恰好都是自身的写照。我们不能不腾出篇幅，把两首诗的全文录下。

胡马大宛名，锋棱瘦骨成，竹批双耳峻，风入四蹄轻；所向无空阔，真堪托死生。骁腾有如此，万里可横行。
——《房兵曹胡马》

素练风霜起，苍鹰画作殊，㧐身思狡兔，侧目似愁胡，绦镟光堪摘，轩楹势可呼。何当击凡鸟，毛血洒平芜！
——《画鹰》

这两首和稍早的一首《望岳》，都是那时期里最重要的代表作品，实在也奠定了诗人全部创作的基础。诗人作风的倾向，似乎是专等这次游历来发现的；齐赵的山水，齐赵的生活，是几天的骄阳接二连三的逼成了诗人天才的成熟。

灵机既经触发了，弦音也已校准了，从此轻拢慢捻，或重挑急抹，信手弹去，都是绝调。艺术一天进步一天，名声也一天大一天。从齐赵回来，在东都（今洛阳）住了两三年，城南首阳山下的一座庄子，排场虽是简陋，门前却常留着达官贵人的车辙马迹。最有趣的是，那一天门前一阵车马的喧声，顿时老苍头跑进来报道贵人来了。子美倒屣出迎；一位道貌盎然的斑白老人向他深深一揖，自道是北海太守李邕久慕诗人的大名，特地来登门求见。北海太守登门求见，与诗人相干吗？世俗的眼光看来，一个乡贡落第的穷书生家里来了这样一位阔客人，确乎是荣誉，是发迹的吉兆。但是诗人的眼光不同。他知道的李邕，是为追谥韦巨源事，两次驳议太常博士李处，和声援宋璟，弹劾谋反的张昌宗弟兄的名御史李邕——是碑版文字，散满天下，并且为要压倒燕国公的"大手笔"，几乎牺牲了性命的李邕——是重义轻财，卑躬下士的李邕。这样一位客人来登门求见，当然是诗人的荣誉，所以"李邕求识面"可以说是他生平最得意的一句诗。结识李邕在诗人生活中确乎要算一件有关系的事。李邕的交游极广，声名又大，说不定子美后来的许多朋友，例如李白，高适诸人，许是由李邕介绍的。

## 三

写到这里，我们该当品三通画角，发三通擂鼓，然后提起笔来蘸饱了金墨，大书而特书。因为我们四千年的历史里，除了孔子见老子（假如他们是见过面的），没有比这两人的会面，更重大，更神圣，更可纪念的。我们再逼紧我们的想象，譬如说，青天里太阳和月亮走碰了头，那么，尘世上不知要焚起多少香案，不知有多少人要望天遥拜，说是皇天的祥瑞。如今李白和杜甫——诗中的两曜，劈面走来了，我们看去，不比那天空的异瑞一样的神奇，一样的有重大的意义吗？所以假如我们有法子追究，我们定要把两人行踪的线索，如何拐弯抹角时合时离，如何越走越近，终于两条路线会合交叉了——统统都记录下来。假如关于这件事，我们能发现到一些翔实的材料，那该是文学史里多么浪漫的一段掌故！可惜关于李杜初次的邂逅，我们知道的一成，不知道的九成。我们知道天宝三载三月，太白得罪了高力士，放出翰林院之后，到过洛阳一次，当时子美也在洛阳。两位诗人初次见面，至迟是在这个当儿，至于见面时的情形，在什么时候，什么地方，也许是李邕的筵席上，也许是洛阳城内一家酒店里，也许……但这都是可能范围里的猜想，真确的情形，恐怕是永远的秘密。

　　有一件事我们却拿得稳是可靠的。子美初见太白所得的印象，和当时一般人得的，正相吻合。司马子微一见他，称他"有仙风道骨，可与神游八极之表"；贺知章一见，便呼他作"天上谪仙人"，子美集中第一首《赠李白》诗，满纸都是企羡登真度此的话，假定那是第一次的邂逅，第一次的赠诗，那么,当时子美眼中的李十二,不过一个神采趣味与常人不同,有"仙风道骨"的人,一个可与"相期拾瑶草"的侣伴,诗人的李白没有在他脑中镌上什么印象。到第二次赠诗,说"未就丹砂愧葛洪",回头就带着讥讽的语气问:

痛饮狂歌空度日,飞扬跋扈为谁雄?

依然没有谈到文字。约莫一年以后,第三次赠诗,文字谈到了,也只轻轻的两句"李侯有佳句,往往似阴铿",不是什么了不得的恭维,可是学仙的话一概不提了。或许他们初见时,子美本就对于学仙有了兴味,所以一见了"谪仙人",便引为同调;或许子美的学仙的观念完全是太白的影响。无论如何,子美当时确是做过那一段梦——虽则是很短的一段;说"苦无大药资,山林迹如埽",说"未就丹砂愧葛洪",起码是半真半假的心话。东都本是商贾贵族蜂集的大城,廛市的繁华,人心的机巧,种种城市生活的罪恶,我们明明知道,已经叫子美腻烦,厌恨了;再加上当时炼药求仙的风气正盛,诗人自己又正在富于理想的,如火如荼的浪漫的年华中——在这种情势之下,萌生了出世的观念,是必然的结果。只是杜甫和李白的秉性根本不同:李白的出世,是属于天性的,出世的根性深藏在他骨子里,出世的风神披露在他容貌上;杜甫的出世是环境机会造成的念头,是一时的愤慨。两人的性格根本是冲突的。太白笑"尧舜之事不足惊",子美始终要"致君尧舜上"。因此两人起先虽觉得志同道合,后来子美的热狂冷了,便渐渐觉得不独自己起先的念头可笑,连太白的那种态度也可笑了;临了,念头完全抛弃,从此绝口不提了。到不提学仙的时候,才提到文字,也可见当初太白的诗不是不足以引起子美的倾心,实在是"诗人的李白"被"仙人的李白"掩盖了。

东都的生活果然是不能容忍了,天宝四载夏天,诗人便取道如今开封归德一带,来到济南。在这边,他的东道主,便是北海太守李邕。他们常时集会,宴饮,赋诗;集会的地点往往在历下亭和鹊湖边上的新亭。在座的都是本地的或外来的名士;内中我们知道的还有李邕的从孙李之芳员外,和邑人蹇处士。竟许还有高适,有李白。

是年秋天太白确乎是在济南。当初他们两人是否同来的,我们不晓得;我们晓得他们此刻交情确是很亲密了,所谓"醉眠秋共被,携手日同行"。便是此时的情况。太白有一个朋友范十,是位隐士,住在城北的一个村子上。门前满是酸枣树,架上吊着碧绿的寒瓜,瀚瀚的白云镇天在古城上闲卧着——俨然是一个世外的桃源;主人又殷勤;太白常常带子美到这里嗑酒谈天。星光隐约的瓜棚底下,他们往往谈到夜深人静,太白忽然对着星空出神,忽然谈起从前陈留采访使李彦如何答应他介绍给北海高天师学道箓,话说过了许久,如今李彦许早忘记了,他可是等得不耐烦了。子美听到那类的话,只是唯唯否否;直等话头转到时事上来,例如贵妃的骄奢,明皇的昏聩,以及朝里朝外的种种险象,他的感慨才潮水般的涌来。两位诗人谈着话,叹着气,主人只顾忙着筛酒,或许他有意见不肯说出来,或许压根儿没有意见。

(本文未完)

# 贾 岛

这像是元和长庆间诗坛动态中的三个较有力的新趋势。这边老年的孟郊，正哼着他那沙涩而带芒刺感的五古，恶毒的咒骂世道人心，夹在咒骂声中的，是卢仝刘义的"插科打诨"和韩愈的宏亮的嗓音，向佛老挑衅。那边元稹、张籍、王建等，在白居易的改良社会的大纛下，用律动的乐府调子，对社会泣诉着他们那各阶层中病态的小悲剧。同时远远的，在古老的禅房或一个小县的廨署里，贾岛姚合领着一群青年人做诗，为各人自己的出路，也为着癖好，做一种阴黯情调的五言律诗（阴黯由于癖好，五律为着出路）。

老年中年人忙着挽救人心，改良社会，青年人反不闻不问，只顾躲在幽静的角落里做诗，这现象现在看来不免新奇，其实正是旧中国传统社会制度下的正常状态。不像前两种人，或已"成名"，或已通籍，在权位上有说话做事的机会和责任，这般没功名，没宦籍的青年人，在地位上职业上可说尚在"未成年"时期，种种对国家社会的崇高责任是落不到他们肩上的。越俎代庖的行为是情势所不许的，所以恐怕谁也没想到那头上来。有抱负也好，没有也好，一个读书人生在那时代，总得做诗。做诗才有希望爬过第一层进身的阶梯。诗做到合乎某种程式，如其时运也凑巧，果然溷得一"第"，到那时，至少在理论上你才算在社会中"成年"了，才有说话做事的资格。否则万一你的诗做得不及或超过了程式的严限，或诗无问题而时运不济，那你只好做一辈子的诗，为责任做诗以自课，为情绪做诗以自遣。贾岛便是在这古怪制度之下被牺牲，也被玉成了的一个。在这种情形下，你若还怪他没有服膺孟郊到底，或加入白居易的集团，那你也可算不识时务了。

贾岛和他的徒众，为什么在别人忙着救世时，自己只顾做诗，我们已经明白了；但为什么单做五律呢？这也许得再说明一下。孟郊等为便于发议论而做五古，白居易等为讲故事而做乐府，都是为了各自特殊的目的，在当时习惯以外，匠心的采取了各自特殊的工具。贾岛一派人则没有那必要。为他们起见，当时最通行的体裁——五律就够了。一则五律与五言八韵的试帖最近，做五律即等于做功课，二则为拈拾点景物来烘托出一种情调，五律也正是一种标准形式。然而做诗为什么老是那一套阴霾，凛冽，峭硬的情调呢？我们在上文说那是由于癖好，但癖好又是如何形成的呢？这点似乎尤其重要。如果再明白了这点，便明白了整个的贾岛。

我们该记得贾岛曾经一度是僧无本。我们若承认一个人前半辈子的蒲团生涯，不能因一旦返俗，便与他后半辈子完全无关，则现在的贾岛，形貌上虽然是个儒生，骨子里恐怕还有个释子在。所以一切属于人生背面的，消极的，与当情背道而驰的趣味，都可溯源到早年在禅房中的教育背景。早年记忆中：

>   坐学白骨塔，

或

>   三更两鬓几枝雪，一念双峰四祖心！

的禅味，不但是

>   独行潭底影，数息树边身，
>   ……
>   月落看心次，云生闭目中，

一类诗境的蓝本，而且是

>   瀑布五千仞，草堂瀑布边，
>   ……
>   孤鸿来夜半，积雪在诸峰，

甚至

>   怪禽啼旷野，落日恐行人

209

的渊源。他目前那时代——一个走上了末路的，荒凉，寂寞，空虚，一切罩在一层铅灰色调中的时代，在某种意义上与他早年记忆中的情调是调和，甚至一致的。惟其这时代的一般情调，基于他早年的经验，可说是先天的与他不但面熟，而且知心，所以他对于时代，不至如孟郊那样愤恨，或白居易那样悲伤，反之，他却能立于一种超然地位，藉此温寻他的记忆，端详它，摩挲它，仿佛一件失而复得的心爱的什物样。早年的经验使他在那荒凉得几乎狞恶的"时代相"前面，不变色，也不伤心，只感着一种亲切，融洽而已。于是他爱静，爱瘦，爱冷，也爱这些情调的象征——鹤，石，冰雪。黄昏与秋是传统诗人的时间与季候，但他爱深夜过于黄昏，爱冬过于秋。他甚至爱贫，病，丑和恐怖。他看不出

　　鹦鹉惊寒夜唤人

句一定比

　　山雨滴栖鹧

更足以令人关怀，也不觉得

　　牛羊识僮仆，既夕应传呼，

较之

  归吏封宵钥，行蛇入古桐

更为自然。也不能说他爱这些东西。如果是爱，那便太执著而邻于病态了。（由于早年禅院的教育，不执著的道理应该是他早已懂透了的。）他只觉得与它们臭味相投罢了。更说不上好奇。他实在因为那些东西太不奇，太平易近人，才觉得它们"可人"，而喜欢常常注视它们。如同一个三棱镜，毫无主见的准备接受并解析日光中各种层次的色调，无奈"世纪末"的云翳总不给他放晴，因此他最热闹的色调也不过

  杏园啼百舌，谁醉在花傍！
  ……
  身事岂能遂？兰花又已开，

和

  柳转斜阳过水来

之类。常常是温馨与凄清糅合在一起，

芦苇声兼雨，芰荷香绕灯，

春意留恋在严冬的边缘上，

　　旧房山雪在，春草岳阳生。

他瞥见的"月影"偏偏不在花上而在"蒲根"，"栖鸟"不在绿杨中而在"棕花上"。是点荒凉感，就逃不脱他的注意，哪怕琐屑到

　　湿苔粘树瘦。

　　以上这些趣味，诚然过去的诗人也偶尔触及到，却没有如今这样大量的，彻底的被发掘过，花样，层次也没有这样丰富。我们简直无法想象他给与当时人的，是如何深刻的一个刺激。不，不是刺激，是一种酣畅的满足。初唐的华贵，盛唐的壮丽，以及最近十才子的秀媚，都已腻味了，而且容易引起一种幻灭感。他们需要一点清凉，甚至一点酸涩来换换口味。在多年的热情与感伤中，他们的感情也疲乏了。现在他们要休息。他们所熟习的禅宗与老庄思想也这样开导他们。孟郊，白居易鼓励他们再前进。眼看见前进也是枉然，不要说他们早已声嘶力竭。况且有时在理论上就释道二家的立场说，他们还觉

得"退"才是正当办法。正在苦闷中,贾岛来了,他们得救了,他们惊喜得像发现了一个新天地,真的,这整个人生的半面,犹如一日之中有夜,四时中有秋冬,——为什么老被保留着不许窥探?这里确乎是一个理想的休息场所,让感情与思想都睡去,只感官张着眼睛往有清凉色调的地带涉猎去。

  叩齿坐明月,搘颐望白云,

休息又休息。对了,惟有休息可以驱除疲惫,恢复气力,以便应付下一场的紧张。休息,这政治思想中的老方案,在文艺态度上可说是第一次被贾岛发现的。这发现的重要性可由它在当时及以后的势力中窥见。由晚唐到五代,学贾岛的诗人不是数字可以计算的,除极少数鲜明的例外,是向着词的意境与词藻移动的,其余一般的诗人大众,也就是大众的诗人,则全属于贾岛。从这观点看,我们不妨称晚唐五代为贾岛时代。他居然被崇拜到这地步:

  李洞……酷慕贾长江,遂铜写岛像,戴之巾中,常持数珠念贾岛佛。人有喜贾岛诗者,洞必手录岛诗赠之,叮咛再四曰:"此无异佛经,归焚香拜之。"

(《唐才子传》九)

> 南唐孙晟……尝画贾岛像，置于屋壁，晨夕事之。
>
> （《郡斋读书志》十八）

上面的故事，你尽可解释为那时代人们的神经病的象征，但从贾岛方面看，确乎是中国诗人从未有过的荣誉，连杜甫都不曾那样老实的被偶像化过；你甚至说晚唐五代之崇拜贾岛是他们那一个时代的偏见和冲动，但为什么几乎每个朝代的末叶都有回向贾岛的趋势？宋末的四灵，明末的钟谭，以至清末的同光派，都是如此。不宁惟是。即宋代江西派在中国诗史上所代表的新阶段，大部分不也是从贾岛那分遗产中得来的赢余吗？可见每个在动乱中灭毁的前夕都需要休息，也都要全部的接受贾岛，而在平时，也未尝不可以部分的接受他，作为一种调济，贾岛毕竟不单是晚唐五代的贾岛，而是唐以后各时代共同的贾岛。

第五辑

# 书　简

家书不可得,则望友书。……吾亦知系怀何益?然人非全为理智动物,情难胜也!

# 致父母亲

父母亲大人：

取消留级部令已下①。内容想八哥已有信详述，兹不复赘。该令于大二（即廿九人）②全未顾及。幸而全未顾及大二，因为令中措词，污辱学生人格已至极端，未及大二，则大二之人格当不污也。从前我在家时，大二曾有人要求早出洋及津贴等权利，未成。今此令出后，如大二坚持前请，或可稍得小补。但部令说我们"罢课避考"，说我们"事后深知改悔"，叫我们"务希自爱，以励前修"。试问为去年罢课一

---

① 1921年6月，清华学生参加支援北京八校的索薪斗争，举行"同情罢考"。闻一多所在的1921级和1922级同学斗争尤为坚决，因而闻一多等29名同学被校方勒令开除。在同学们据理力争之下，校方被迫作出让步，但仍给以不悔过即"留级一年，推迟出洋"的处罚。闻一多等始终坚持"无过可悔"，宁愿留级，不愿出卖原则。至1922年4月，外交部（当时清华属外交部管辖）迫于校内外舆论的谴责，发布了一个通令，决定"将留级办法暂缓执行，以观后效"。闻一多等4名同学当即联名在《清华周刊》上发表了《取消留级部令之研究》一文，对部令予以痛斥。这封家信就是在这个背景下写的。

② 清华于1921年改高等科四年级为大学一年级，闻一多等29名同学是1921级毕业班的，因罢课受罚而多留一年，于是名之为"大二"。

事，全校都未受影响，只我廿九人作真正的牺牲；我们"求仁得仁"，何"悔"之有？我们这样的人，是不知自爱吗？他又说"予以自新"，"以观后效"。试问我们自始至终，光明正大，有何"自新"之必要，有何"后效"之必观？所以我们都以为这种部令，"是可忍，孰不可忍"？但我们若受他的好处，那便无形承认部令。此种行为，良心之不许也。且从去年不肯赴考，已经光明磊落到现在，何必贪此小利，而贻"功亏一篑"之讥哉？且早出洋实无利益，尤为我个人之不愿；津贴亦甚有限。贪此小惠而遗玷终身，君子不为也。所以我现在决定仍旧做我因罢课自愿受罚而多留一年之学生，并不因别人卖人格底机会，占一丝毫便宜，得一丝毫好处。并且八哥等八人不愿写悔过书自甘多留一年，此本可嘉之举，而万恶的外部竟强迫彼等服从多数，决不通融，以陷彼等于险难之域（完全牺牲出洋机会或屈伏于部令下，承认已经悔过）。此为有血性者之所共愤者也。现在我愿抵死力争，甘冒不韪，以触当局之羞恼，而致罚于我。更有一可痛心之事，则此八人前已申明无论如何，决不卖人格以早出洋。今多数人见威压过甚，仍将出洋，置前言于不顾。独光旦君[①]则愿力争，不得，则完全牺牲出洋。圣哉光旦，令我五体投地，私心狂喜，不可名状！圣哉！圣哉！我的朋友光旦！我虽为局外人，但若不尽我最

---

[①] 潘光旦，清华1922级毕业生。

高度之力量以为公理战,我有负我所信奉之上帝及基督,我有负教我"当仁不让"之孔子,我尤负以身作则的我的朋友光旦!

　　余容续禀。肃此敬请
金安!

　　　　　　　　　　　　　　　　　　　　男多
　　　　　　　　　　　　　　　　　　阳,四,十三。

# 致吴景超、顾毓琇、翟毅夫、梁实秋

景超、毅夫、毓琇、实秋四友：

在清华时，实秋同我谈话，常愁到了美国有一天定碾死在汽车轮下。我现在很欢喜地告诉他，我还能写信证明现在我还没有碾死。但是将来死不死我可不敢保险。美术学院正在支加哥最热闹的一条街，米西根街上。进学院去必穿过这条街心，那里汽车底怒潮腾沸汹涌得最烈，行人到了这急湍底岸边，须立候巡警底口笛咤住了车潮——有时竟须候十几分钟——才敢走过。不然，没有不溺死在这陆地的波涛里的。可是有一桩怪事，我们在这里报上倒没有看见汽车毙人的消息，像北京上海那样层出不穷呢。这是因为坐车人底人道讲得好些吗？还是巡警底训练精到些吗？还是行人的脚腿灵捷些呢？我现在与钱宗堡、罗隆基二君同居。罗下月即到别处去，钱将在支加哥大学上学。罗去后我就同钱另租房子。这里伙食并不十分贵，贵的就是房租。但稍紧一点，每月还可省下20元美金。吴泽霖就在这里大学读社会学，这里社会学也很有名声。我希望景超明年来此与我同居罢。毓琇若要学纯粹科学pure science，到这边来也很好。这里清华同学多至二三十人，中国学生200余人。

支加哥乃美国第二大城，我只讲一件事，你们就知道这里工厂之多。米西根街一带房屋皆着黑色，工厂吐出之煤烟熏之使然也。我们在那里去一回，领子就变黑了。这里对于我最imposing的两个地方是美术学院里的美术馆同支加哥电影园。美术馆之壮丽辉煌，你们自然能够臆想得到。戏园决非在清华看看*Fairbanks*、*Mary Piekford*或*Pearl White*的人所能梦见的。我们从前攻击的诲淫诲盗的长片，在这里见不着。这里最好的片子都是一次演完的。并且最大的戏园里每次的会序中电影不过是一小部分。那里最好的还是音乐同跳舞。美国人审美底程度是比我们高多了。讲到这里令我起疑问了，何以机械与艺术两个绝不相容的东西能够同时发达到这种地步呢？我们东方人这几千年来机械没有弄好，艺术也没有弄好，我们的精力到底花到哪里去了呢？啊！这里便是东西文明的分别了。西方的生活是以他的制造算的；东方的生活是以生活自身算的，西方人以accomplishment为人生之成功，东方人以和平安舒之生活为人生之成功，所以西方文明是物质的，东方的则是精神的。

关于支加哥，现在只讲这些。我要再告诉你们这里中国学生团体生活的情形。这里的学生政治恶于清华。派别既多，各不相容，四分八裂，不可收拾。有一人讲得很对：处处都可以看见一个小中国，分裂的中国。清华同学会内容大概也差不多，处处都呈一种悲观的现象。我观察这里的中国学生，真颓唐极了。大概多数人是嬉嬉笑笑，带着女伴逛逛而已，其余捉不到女伴，就谈论品评，聊以解嘲而已。高一点的若谈到正当的serious的事，也都愁眉叹气，一筹莫展。总而言之，他们没有一点振作的精神。本月19日是支加哥清华同学底reunion，到时我再仔细观察观察。

现在清华快开学了。我希望诸位朋友觉得自己的责任，为母校造点光明。我们在这里现在逢一个有脑筋的清华同学，便讲学校里的情形；我们尽力鼓吹母校与alma mater底联络。我希望诸君在《周刊》里讨论这个问题以引起群众的注目。

〔中略〕

我刚才要讲的是关于评《冬夜》底事，不知景超已替我办好否？我希望诸位能时时将中国文学界底现状告诉我，以 keep up我的文学的兴趣。我恐怕将来开学后终日与图画周旋，会将文学忘掉了呢！啊！我到支加哥才一个星期，我已厌恶这种生活了！希望你们的回信如大旱之望云霓！实秋有新作没有，何不寄我看看呢？你们在清华底享乐之中，不要忘了那半球一个孤苦伶仃的东方老憨！

你们的忠诚的朋友 一多<br>8月14日，美国支加哥。①

---

① 此信写于1922年。

# 致梁实秋

实秋：

刚看完郭沫若底《未央》，你可想到我应起何感想？沫若说出了我局部的悲哀，没有说出我全部的悲哀。我读毕了那篇小说，起立徘徊于室中，复又站在书架前呆视了半晌。我有无限的苦痛，无穷的悲哀没处发泄，我只好写写信给你。但是……又从哪里讲起呢？实秋！实秋！我本无可留恋于生活的，然而我又意志薄弱，不能钳制我的生活欲！啊！我的将来，我的将来，我真怕见得你哟！实秋！不消说得你是比我幸福的，便连沫若，他有安娜夫人，也比我幸福些。实秋啊！你同景超从前都讲我富于浪漫性，恐怕现在已经开始浪漫生活了。唉！不要提了！……浪漫"性"我诚有的，浪漫"力"却不是我有的。到美来还没有同一个中国女人直接讲过话，而且我真不敢同她们讲话。至于美术学校底同班，女儿居半，又以种族的关系，智识的关系，种种的关系，我看见她们时，不过同看见一幅画一般。她们若有时interest me，那不过因为那些线条那些色彩是作画的好资料。……哦！我真不愿再讲到女人了啊！实秋啊！我只好痛哭！

实秋！情的生活已经完了，不用提了。以后我只想在智底方面求补足。我说我以后要在艺术中消磨我的生活。实秋！请你作我的伴，永远的侣伴，使我在艺术之宫中不要感到可怕的寂寞罢！

实秋啊！我的唯一的光明的希望是退居到唐宋时代。同你结邻而居，西窗剪烛，杯酒论文——我们将想象自身为李杜，为韩孟，为元白，为皮陆，为苏黄，皆无不可。只有这样，或者我可以勉强撑住过了这一生。朋友啊！我现在同你订了约，你能允许吗？

十二月廿一日底惠书并诗都收到。愿"红焰辐射的烛火"常照在你眼里，"梦笔生花"的图象永浮在你心头！但是——这是过去的一多底化身哟！现在的一多已经烛灭笔枯不堪设想了。

一多
一，廿一。

# 致吴景超

我以前说诗有四大原素：幻象、感情、音节、绘藻。随园老人所谓"其言动心"是情感，"其色夺目"是绘藻，"其味适口"是幻象，"其音悦耳"是音节。味是神味，是神韵，不是个性之浸透。何以神味是幻象呢？就神字的字面上就可以探得出，不过更有较有系统的分析。幻象分所动的同能动的两种。能动的幻象是明确的经过了再现、分析、综合三种阶级而成的有意识的作用。所动的幻象是经过上述几种阶级不明了的无意识的作用，中国的艺术多属此种。画家底"当其下手风雨快，笔所未到气已吞"，即所谓兴到神来随意挥洒者。便是成于这种幻象。这种幻象，比能动虽不秩序不整齐不完全，但因有一种感兴，这中间自具一种妙趣，不可言状。其特征即在荒唐无稽，远于真实之中。自有不可捉摸之神韵。浪漫派的艺术便属此类。严沧浪诗话谓"盛唐诸公，惟在兴趣；羚羊挂角，无迹可求。故其妙处透澈玲珑，不可凑泊，如空中之音，相中之色，水中之影，镜中之象，言有尽而意无穷"。沧浪所谓"兴趣"同王渔洋所谓神韵便是所动幻象底别词。所谓"空音、相色、水影、镜象"者，非幻象而何？——答吴景超书[①]。

---

① 此信年代不详，可能写于20年代。

# 致闻家驷

驷弟：

寒假所作札记并信都收到。札记大体甚好，确见进步，可喜。但以后可节录佳者一、二节寄来评阅，盖过多你既不胜抄写之劳，我亦无暇细评，且亦无尽评之必要也。我意你目下亦不可太费多时于札记上，阅览更要紧也。

久不接家中来信，你的信里亦未提及家中一字。远人其何以奈此！父亲大人每责我写信不密而以八哥与我相衡，岂知八哥所接之家信亦密于我者哉？家中若许人岂数月中无时涂一二字寄来乎？我若写信不勤，功课忙碌，非无因也。我不信全家之人除你而外皆为忙人，且忙甚于我也。我虽为书呆，亦不致呆如木石，而无思家之情也。

近来生活尔尔。饭健虽犹如常，然而心灵之愉乐，无足道者。客居万里者，除接家信外，更无乐事。家书不可得，则望友书。有友如实秋，月为三四书来，真情胜于手足矣。驷弟乎！你非劝我勿系怀乡梓者乎？吾亦知系怀何益。然人非全为理智动物，情难胜也！我近数年来，不知何来如许愁苦？纵不思乡，岂无他愁？大而宇宙生命之谜，国家社会之忧，小而一己之身世，何莫非日夜啮吾心脏以逼我入于死之门者哉！曩者童稚，不知哭泣，近则动辄"冷泪盈眶"，吾亦不知其何自来也。

近方作《昌黎诗论》，唐代六大诗人之研究之一也。义山研究迄未脱稿，已牵延两年之久矣。今决于暑假中成之。家中《义山诗评》四本请速寄来，勿误勿误！工部诗云：

　　千秋万岁名，寂寞身后事。

我诚知攫取名誉非难事也，然今亦已看穿矣。顾犹孜孜于著述者，非求闻望，借以消磨岁月耳。

家中不另作书，借此恭请
合室全安！

兄　一多问好。<br>4月8日<br>此为支字第一号

　　拟迁居，通信暂寄
　　　Mr. T. Wen
　　C / o Mr. C. Y. Chang
　　　33 Snell Hall
　　University of Chicago

Chicago. Ill.

U. S. A.

以后信可由弟处寄，不必由南京寄。五哥有信先寄弟处，弟加封寄美为便。

# 致闻家驷

驷弟：

我答应你两星期前回信，直到现在才实行，真对不起。

我现在可以批评你的笔记了。

王光祈所讲外国人居室陈设华丽的原因未必尽实。这些只是相对的说法，未心是绝对的。你说外国的社会经过艺术化，更不实在。你又说中国美术向来不发达，"向来"当改为"近来"。唐宋之美术之发达据西人之考据真是无可比伦。江浙人宁饿着肚皮穿好衣服，他们这一点确乎是比较的可取一点。若说中国人十分轻美术也不对。诗在各种艺术之中所占位置很高（依我的意见比图画高），但诗之普遍诚未有如中国者。在中国几乎无处没有诗。穷家小户至少门联是贴得起的，门联上写的不是诗是什么？至于从前科举时代凡是读书过考，谁不要会作几句诗！至于读诗更是普遍了。《唐诗三百首》《千家诗》一类的课本西方是找不出的。

东方之具形美术（即图画、雕刻、建筑）所以比较的不发达，而文学反而发达——这亦非偶然。图画等艺术须耗费物料甚多，然后才能完成。中国人物质文明不发达，故多费物料即成奢侈，盖物质不发达，不能浪费也。文学或诗之创造可以绝对不依赖于物质。我能作一首诗，口里念出来，我的诗就存在了（连写都不必写）。但图画必依赖笔墨纸等物而后存在。仅一概念不成图画也。中国人穷，花不起钱，诗却可以尽量地做，毫无消耗。诗是穷人的艺术，故正合物质穷困的中国人。

还有一个原因就是中国人贱视具形美术，因为我们说这是形式的，属感官的，属皮肉的。我们重心灵故曰五色乱目，五声乱耳。这种观念太高，非西人（物质文化的西人）所能攀及。

我现在着实怀疑我为什么要学西洋画，西洋画实没有中国画高。我整天思维不能解决。那一天解决了我定马上回家。

有一个多月没有作诗。上星期作了一篇批评郭译茇默底文，寄回国来了。我希望第五期的《创造》可以登出。

听说《清华周刊》底文艺增刊要登我的《忆菊》，你看见过否？这是我的一篇得意之作，朋友们懂诗与否的莫不同声赞赏。你爱读否？

寄钧弟底信看见否？草此，便问　近好！

兄　多<br>二月十日[①]

---

[①] 此信写于1923年。

# 致家人

驷弟转

合家公鉴：

久未得乡音，家中近均吉否？念念。我近日身体极健，饭量大增，惟吃起来总怕吃多了，不是怕伤胃，乃是怕到月底……说起来真好笑，堂堂留学生还怕没有饭吃呢。现已迁居，房租略贱。同居者仅钱君耳。近来没有文学的作品，因学校功课甚忙。美术亦大有兴趣也。

昨晚此间中国学生开国耻纪念会，到者亦不甚多。我处处看到些留学生们总看不进眼，他们的思想实浅陋得可笑。前不久此地有个山东的学生，姓孙的，因功课作不好，丧气投湖自尽。遗书即谓明知自杀之非，但自观脑经薄弱，学无所成，将来定无益于社会，不若死之为愈也。此事闻之者孰不酸心！然我诚希望在此中国学生多有如孙君若是之血性者，中国庶有望也。

久不尝中国茶，思念至极。此处虽可买，然绝无茶味也。今夏来美同学经沪时，望托带泰丰罐头茶叶数罐。如一人不便携带，即托必经芝城者数人若孔繁祁、方重、吴景超、梅贻宝或顾毓琇者皆可也。此事驷弟可请十哥代办。又驷弟在沪应知最新出版物甚悉。遇有新出之诗集，确寄来一阅。《创造》第五期应已出版，望亦按时寄来为要。

家信太难得见。此事有解决方法否？必需我自己多写信回来诱钓，那我写信亦不少矣，何报酬之稀哉？不多谈。耑此敬请父母亲大人金安！

合家均吉。

　　　　　　　　　　　　骅　自美芝加哥寄[1]
　　　　　　　　　　　　五月七日芝字第三号

---

[1] 此信写于1923年。

# 致家人

五哥转合家大鉴：

宁字第一、二号均先后收到。久不闻家音，信到，徒益增人魂魄悸动。宿常援哲学思想，揣测人生意义，已定为悲观多于乐观。近客处异国，目击身受，凡涉于国家、社会、家庭以及个人之经验，莫不证明所谓生活，乃不断之悲哀而已。知生活为悲哀，为苦痛，而犹不能自弃绝，悲之尤大者也。

我近状如常。无善可述。学校大考已毕。此校今年中国人得学位者六人。我亦得毕业证书，习美术者不以学位论也。前月举行成绩展览会，以我之作品为最佳，颇得此地报纸之赞美，题意可译为"中国青年的美术家占展览会中重要部分云云"。

驷弟久无信来。想此书到时，当届暑假。望将本年学业进境作书为我述之。忠、勋两侄信均收到。忠侄之作文胜于书信。二侄似不知书札为何物。书札不仅为道平安、叙寒暄，千篇一律之刻板文字。书札中可以发议论，亦可以记事迹。如此则其内容可以有变化，且可以增篇幅。望教二侄以此法，令其再各作一长书来。且各信中所报告之消息不当雷同。为侄辈之教育起见，我亦当早日回国，惟观目下情形，恐难如愿。美术之为学，其功难就而无穷，惟有宽以岁月以俟效耳。我辈定一身计划，能为个人利益设想之机会不多，家庭问题也、国家问题也，皆不可脱卸之责任。若徒为家庭谋利益，即日归国谋得一饭碗，月得一、二百金之入款，且得督率子侄为学做人，亦责任中事。惟国家糜巨万以造就人才，冀其能有所供献也。今粗得学问之毛，即中途而废，问之良心，殊不安也。近者且屡思研究美术，诚足提高一国之文化，为功至大，然此实事之远而久者。当今中国有急需焉，则政治之改良也。故吾近来亦颇注意于世界政治经济之组织及变迁。我无干才，然理论之研究，主义之鼓吹，笔之于文，则吾所能者也。客岁同人尝组织大江学会，其性质已近于政治的，今又有人提议正式改组为政党，其进行之第一步骤则鼓吹国家主义以为革命之基础。今夏同人将在芝加哥、波士顿两处开年会，即为讨论此事也。

我辈得良好机会受高深教育者当益有责任心。我辈对于家庭、社会、国家当多担一分责任。诸侄暑假归家时，驷弟当教其读报纸，且将社会种种不平等情形，政治观状如何腐败，用浅近语言告之。在品行方面，家长犹当严责。如说谎、自私等恶习当严禁其滋长。

家中近来平安否？二哥往江西后有何发展消息？望细告我为盼。

忠侄作文用钢笔墨水誊写，此有二弊，一不能长进书法，二近于洋习气也。此当禁止。诸侄当令其每日习大字一纸,小字一纸,一如我辈往日在家时做工夫之惯习。又当教其读诗做诗。忠侄喜作画,只当鼓励,不当禁止。每日又当有讲经一课,讲四书(不可讲五经)只须明其意义,不必背诵。尤当择其易于实行者鼓励诸侄实行之,如"有事弟子服其劳,有酒食先生馔……"等等是也。奉此敬请
双亲大人及全家福安!

一多[1]

阳六月十四日

---

[1] 此信写于1924年。

# 致吴景超

景超：

　　让你先看完最近的两首拙作，好知道我最近的心情。"不出国不知道想家的滋味"——这是我前日写信告诉繁祁方重的；你明年此日便知道这句话的真理。我想你读完这两首诗，当不致误会以为我想的是狭义的"家"。不是！我所想的是中国的山川，中国的草木，中国的鸟兽，中国的屋宇——中国的人。虽然在《太阳吟》底末三节我似乎得了一种慰藉，但钱宗堡讲得对："That is only poetry and nothing more."现实的生活时时刻刻把我从诗境拉到尘境来。我看诗的时候可以认定上帝——全人类之父，无论我到何处，总与我同在。但我坐在饭馆里，坐在电车里，走在大街上的时候，新的形色，新的声音，新的臭味，总在刺激我的感觉，使之仓皇无措，突兀不安。感觉与心灵是一样地真实。人是肉体与灵魂两者合并而成的。

　　昨接沈有乾从Standford寄来中国报纸——旧金山出版的——一片，中载Colorado School of Mines有中国学生王某因汽车失事毙命，其友孟某受重伤。我们即疑为王朝梅与孟宪民，当即电询监督处。今早得回电称毙命者果为王朝梅，但未提及孟宪民，只言常叙受轻伤。景超！方来底噩耗你是早知道了的。你不要以为是这些消息使我想家。想家比较地还是小事，这两件死底消息令我想到更大的问题——生与死底意义——宇宙底大谜题！景超！我这几天神经错乱，如有所失；他们说我要疯。但是不能因这些大问题以致疯的人，可也真太麻木不仁了啊！景超！我的诗里的 themes have involved a bigger and higher problem than merely personal love affairs；所以我认为这是我的进步。实秋的作品于其种类中令我甘拜下风——我国现在新诗人无一人不当甘拜下风；——但我总觉其题材之范围太窄。你以为然否？现在我极善用韵。本来中国韵极宽；用韵不是难事，并不足以妨害词意。既是这样，能多用韵的时候，我们何必不用呢？用韵能帮助音节，完成艺术；不用正同藏金于室而自甘冻饿，不亦愚乎？《太阳吟》十二节，自首至尾皆为一韵，我并不觉吃力。这是我的经验。你们可以试之。

我接不着你们的新信，就拿起你们的旧信来念。你们嫌我写信过多，以致你们不胜裁答之劳吧？但你们应该原谅我。景超！你想不到，我会这样地思念你们。美术学院明天开课。希望工作可以医我的病！顺问　近好！

实秋毓琇毅夫诸友统此。

一多

九，二十四夜

# 致饶孟侃

子离：

英士[1]带来的东西，都不适用。衣服夹的一件也没有，都是绵的皮的。书都是些旧杂志和几部不急用的中国书。前回写信请你代捡的几种英文诗，一本也没有。为什么你这个朋友这样无面子？本来这些小事不应来惊动你。不过朋友之间这种小事的互助也是人情中常有的。所以我终竟觉得我的请求不算无理。你设身处地想想，假使你需用什么东西，托我办，而我没有一次不撒烂污，你该作如何感想？朋友是一种权利也是一种义务。做人也是如此，有享权利的时候，也有尽义务的时候。除非你不要做人……

现在我作最末次的要求。赵叔愚是英士的朋友，赵君不久要到南京来，英士已经写信托他将我的东西都带来。他现在住在青年会。如果你这回肯赏一个面子，就请把我所有的东西都放在箱或篮内，叫两辆车子一同送到青年会。并且请你亲身去一次，拜托赵君一下。至于零碎的东西，如果是磁的，就请多

---

[1] 刘英士。

包两层报纸。这一回的请求如果如愿了,你要我如何报酬都可以,是金钱,是什么都可以。

      一多　三跪九叩首虔诚拜托①

  为什么我不自己来一趟,而偏要麻烦你呢?因为第一,现在是失业的时候,来往十几块钱的盘费花不起;第二,两次病后,身体极坏,车中劳顿,也有些受不了。

---

 ①　此信写于1927年秋。

# 致左明

左明兄：

许久没有给你回信，太懒了！近来听说你在《新月》帮忙，生活既有着落，定可安心习作，可喜可慰。承询各问题条答如左：

一，韵脚不易安好，乃因少读少做耳。

二，词不达意，乃因少读书的原故。

三，标点不成问题，有的作家甚至废弃标点。故不必为此操心。

四，太明显，确乎是大毛病。根本原因是态度太主观。譬如划船姑娘固然可以引起你的爱怜，但是也未始不可引起一般人的爱怜。你若把你和她两人的关系说得太琐碎，太写实了，读者便觉得那是你们两人的私事，与第三者无关。你要引起读者的同情，必须注意文学的普遍性，然后读者便觉得那种经验在他自身也有发生的可能，他便不但表同情于姑娘，并且同情于你。然后读者与作者契合为一，——那便是文学的大成功了。我自己做诗，往往不成于初得某种感触之时，而成于感触已过，历时数日，甚或数月之后，到这时琐碎的枝节往往已经遗忘了，记得的只是最根本最主要的情绪的轮廓。然后再用想象来装成那模糊影响的轮廓，表现在文字上，其结果虽往往失之于空疏，然而刻露的毛病决不会有了。空疏的作品读者看了不发生印象，刻露的作品，往往叫读者发生坏印象。所以与其刻露，不如空疏。英诗人华茨渥司作诗，也用这种方法。你无妨试验试验。

我相信你很能做诗，不是客气话。不久我要到上海来一趟，那时我们再细谈。祝
你进步！

多　顿首[①]

---

① 此信写于1928年2月。

# 致闻亦博

普天[①]弟青及:

前接来函,适因事冗,继以家人卧病,致久稽裁复,罪甚罪甚。月前渝昆两处所传一节,经各方辩明以后,真相业已大白,想早蒙释念矣。今日之事,百孔千疮,似若头绪纷繁,而夷考其实,则一言可以尽之,无真正民主政治是也。惟纵观各国之享有民主者,莫不由其人民努力争来,今日我辈之无思想言论自由,正以我辈能思想能言论者,甘心放弃其权利耳。且真正民主之基础,即在似若无足轻重之每一公民。由每一公民点点滴滴获得之自由,方为真正自由。故享自由若为我辈之权利,则争自由即为我辈之义务。明乎权利义务之不可须臾离,则居今之世,我辈其知所以自处矣。读来函乃知吾弟亦一有心人,既喜吾道不孤,愿即以上述之义务观念时时共勉之。平生赋性懒散,渝中兄弟亲友处,欠缺音候,然朝夕之暇,步檐伫望,系念实殷,非真淡忘也。此间兄与驷哥两家大小粗托平安,鹤、雕、鹏三儿及名女现均在中学,幼女亦已入小学。兄

---

① 闻亦博,字普天,闻一多的嫡堂弟。

食口较众,前二三年,书籍衣物变卖殆尽,生活殊窘,年来开始兼课,益以治印所得,差可糊口,然著述研究,则几完全停顿矣。耑此敬复顺问

安好

兄 一多 启

9月25日

有哥以下暨诸亲友处乞遍为致意

# 致闻家骒

巡哥大鉴：

　　头两次来信后，嘱驷弟作复，驷弟则指望弟已作复，两相推诿，以致迟延至今。其所以如此，固由弟等二人向来懒于写信的惯习，而二人生活忙碌情形，恐亦有非兄所能想象者。驷弟现有三男，弟媳患肾脏病，不耐操作，由买菜至看护小孩等琐务，皆由驷弟自理，而彼自身亦有风湿病，一日劳碌之余，稍有闲暇，即思仰榻小憩。似此情形，不但无时间，亦且无兴趣亲笔砚矣。弟个人身体堪称顽健，三男二女亦差托平安，惟孝贞多病，前年曾一度卧病月余，本年复沾滞床褥者三月之久。据医生最近之诊断，系甲状腺（在颈部）关系，影响心脏衰弱，并患贫血。一家琐务几全赖赵妈一人，而彼亦年老力衰，丈夫数年来杳无音信，谅已贫死，故心绪不佳，时亦多病。至于弟之经济状况，更不堪问。两年前时在断炊之威胁中度日，乃开始在中学兼课，犹复不敷，经友人怂恿，乃挂牌刻图章以资弥补。最近三分之二收入，端赖此道（润格，石章每字一千二百元，牙章每字二千元），曩岁耽于典籍，专心著述，又误于文人积习，不事生产，羞谈政治，自视清高。抗战以来，由于个人生活压迫及一般社会政治上可耻之现象，使我恍然大悟，欲独善其身者终不足以善其身。两年以来，书本生活完全抛弃，专心从事政治活动（此政治当然不指做官，而实即革命）。关于此事，重庆报纸时有报导，不知兄处见及否？此处殊不便多谈。总之，昔年做学问，曾废寝忘餐，以全力赴之，今者兴趣转向，亦复如是。近年上课时间甚少（每周只四小时），大部分时间，献身于民主运动，归家后，即捉刀刻章，入夜，将一日报纸仔细读完，已精疲力竭矣。古人云"匈奴未灭，何以家为"，今之为祸于国家民族者有甚于匈奴。在此辈未肃清以前，谈不到个人，亦谈不到家。（略）

康生弟兄与弟过从甚密，思想亦极相投。康生文笔与口才尤能出众，二人均已成青年领袖，觉民兄得此双璧，真羡杀人也。

鹤儿客年暑假中跳班考入联大，雕、鹏二儿及名女均在联大附中，翱女在附小，成绩均不恶，翱女似尤杰出。此则近状中差堪告慰者。

联大决于五月初北返，路线则尚未确定。可能由公路坐汽车到梧州，再坐船转广州，由香港候轮直达天津，转北平。但海轮目前毫无着落。

敬候

合家安好

弟　骅上[①]
2月22日

---

[①] 此信写于1946年。

# 致臧克家

克家：

　　如果再不给你回信，那简直是铁石心肠了。但没有回信，一半固然是懒，一半也还有些别的理由。你们做诗的人老是这样窄狭，一口咬定世上除了诗什么也不存在。有比历史更伟大的诗篇吗？我不能想象一个人不能在历史（现代也在内，因为它是历史的延长）里看出诗来，而还能懂诗。在你所常诅咒的那故纸堆内讨生活的人原不只一种，正如故纸堆中可讨的生活也不限于一种。你不知道我在故纸堆中所做的工作是什么，它的目的何在，因为你跟我的时候，我的工作才刚开始。（这可说是你的不幸吧！）你知道我是不肯马虎的人。从青年时代起，经过了十几年，到现在，我的"文章"才渐渐上题了，于是你听见说我谈田间，于是不久你在重庆还可以看见我的《文学的历史方向》，在《当代评论》四卷一期里，和其他将要陆续发表的文章在同类的刊物里。近年来我在联大的圈子里声音喊得很大，慢慢我要向圈子外喊去，因为经过十余年故纸堆中的生活，我有了把握，看清了我们这民族，这文化的病症，我敢于开方了。单方的形式是什么——一部文学史（诗的史），或一首诗（史的诗），我不知道，也许什么也不是。最终的单方能否形成，还要靠环境允许否（想象四千元一担的米价和八口之家！），但我相信我的步骤没有错。你想不到我比任何人还恨那故纸堆，但正因恨它，更不能不弄个明白。你诬枉了我，当我是一个蠹鱼，不晓得我是杀蠹的芸香。虽然二者都藏在书里，他们的作用并不一样。这是我要抗辩的第一点。你还口口声声随着别人人云亦云的说《死水》的作者只长于技巧。天呀，这冤从何处诉起！我真看不出我的技巧在那里。假如我真有，我一定和你们一样，今天还在写诗。我只觉得自己是座没有爆发的火山，火烧得我痛，却始终没有能力（就是技巧）炸开那禁锢我的地壳，放射出光和热来。只有少数跟我很久的朋友（如梦家）才知道我有火，并且就在《死水》里感觉出我的火来。说郭沫若有火，而不说我有火，不说戴望舒、卞之琳是技巧专家而说我是，这样的颠倒黑白，人们说，你也说，那就让你们说去，我插什么嘴呢？我是不急急求知于人的，你也知道。你原来也只是那些"人"中之一，所以我也不要求知于你，所以我就不回信了。今天总算你那支《流泪的白蜡》感动了我，让我唠叨了这一顾，你究竟明白了没有，我还不敢担保。克家，不要浮嚣，细细地想去吧！

新闻的报道似乎不大准确。不是《抗战诗选》而是作为二（千）五百年全部文学名著选中一部分的整个《新诗选》。也不仅是"选"而是选与译——一部将在八个月后在英、美同时出版的《中国新诗选译》（译的部分同一位英国朋友合作）。我始终没有忘记除了我们的今天外，还有那二三千年的昨天，除了我们这角落外还有整个世界。我的历史课题甚至伸到历史以前，所以我研究了神话，我的文化课题超出了文化圈外，所以我又在研究以原始社会为对象的文化人类学（《人文科学学报》第二期有我一篇谈图腾的文章，若找得到，可以看看）。关于《新诗选》部分，希望你能帮助我搜集点材料，首先你自己自《烙印》以来的集子能否寄一份给我？若有必要，我用完后，还可以寄还给你。其他求助于你的地方，将来再详细写信来。本星期及下星期内共有三个讲演，都是谈诗的，我得准备一下，所以今天就此打住了。顺候

  撰安


          一多
         11月25日灯下[①]

  信里所谈的请不要发表，这些话只好对你个人谈谈而已。千万千万。

  《学术季刊》第二期有我的《庄子内篇校释》可作读《庄子》之助。又及。

---

① 此信写于1943年。

《泥土的歌》已收到，随后再谈。

现在想想，如果新闻界有朋友，译诗的消息可以告诉他们，因为将来少不了要向当代作家们请求合作，例如寄赠诗集和供给传略的材料等等，而这些作家们我差不多一个也不认识。日来正在译艾青，已成九首，此刻正在译《他死在第二次》。也许在出书以前，先零星的寄到国外发表一部分，重庆的作家们也烦你替我先容一下，将来我打算发出些表格请他们填填关于我写传略时需要的材料。不用讲今天的我是以文学史家自居的，我并不是代表某一派的诗人。唯其曾经一度写过诗，所以现在有揽取这项工作的热心，唯其现在不再写诗了，所以有应付这工作的冷静的头脑而不至于对某种诗有所偏爱或偏恶。我是在新诗之中，又在新诗之外，我想我是颇合乎选家的资格的。这里的朋友们正是这样的鼓励着我。重庆的朋友们想也有同感。